Wolfgang Tribukait

# *Was noch geschah*
Alltagsgeschichten

Für Anregungen zur Verbesserung der Texte danke ich meiner Frau und der Redaktion der Seniorenzeitschrift „Eule" an der PH Freiburg i. Br.; für Satz und Umbruch meinem Schwiegersohn Hanno Schreiber.

*Copyright by Wolfgang Tribukait*

Wolfgang Tribukait, geboren 1932 in Ostpreußen, unterrichtete jahrzehntelang Englisch, Französisch, Deutsch und Geschichte am Wirtschaftsgymnasium Villingen. Reisen führten ihn in viele europäische Länder und nach USA. Für den Schwarzwälder Boten schrieb er zahlreiche Berichte über Gastspiele am Villingen Theater, Ortsbeschreibungen für den Almanach des Kreises Schwarzwald-Baar. Freude am Umgang mit Sprache und Gedanken ließ ihn Texte und Gedichte über Begebenheiten seines Alltags verfassen, selbstkritisch und kritisch auch gegenüber seiner Umgebung.

Weitere Veröffentlichungen von Wolfgang Tribukait:

**Aus der Mitte gerückt**
Geschichten unserer Zeit (2004)
BoD: ISBN 3-8334-1065-5

**Gedankenspiele und Holzphantasien**
Gedichte und Holzfiguren (2006)
BoD: ISBN 9-783741-23805-5

**Im Lauf der Jahre**
Berichte und Geschichten (2008)
BoD: ISBN-13: 978-3-8370-7016-3

**Gedichte und Texte**
Eigenverlag (2013)

**Brüche**
(Autobiographie)
Eigenverlag (2011)

# Inhalt

## Altersstufen

Weite Reise .................. 8
Einsam..................... 10
Aufstieg.................... 12
Goldene Taler ............... 14
Karriere.................... 15
Tüchtig tüchtig .............. 16
Promotion .................. 18
Der Stuhl................... 19
Das Amt ................... 21
Ein beliebter Mitarbeiter....... 23
Der Kritiker................. 26
Scrabble.................... 28
Bescheidung ................ 29
Selbstwertgefühl ............. 30
Frühling 2016 ............... 33

## Liebe

Der Eichelhäher und die Rose... 36
Nach fünfzig Jahren .......... 38
Passion .................... 41
Speck...................... 42
Duell ...................... 44
Die Baumfee ................ 45
Aus einem Stamm............ 47

## Überraschungen

Mahlzeit ................... 50
Ein neues Labor ............. 51
Beim Hundebaum ............ 52
Die Pistole.................. 53
Bußgeldbescheid............. 54
Der Badeanzug .............. 56
Des Kaisers neue Kleider ...... 58
Das Wappen ................ 60

## Reisen

Aufbruch................... 64
Wales 1961 ................. 67
Abgefahren ................. 69
Zu spät!.................... 71
Frühlingsreise ............... 73
Verirrt ..................... 81
Königsberg – Kaliningrad...... 83
Reise im Alter ............... 86
Im Nebel ................... 89

## Märchen

Eulenblick.................. 92
Der Elch mit den
goldenen Hufen.............. 93
Die Elster und der Ring........ 94
Ein Flügelfuchs.............. 95
Zauberer und Hexe ........... 97
Der Zauberspiegel........... 100
Verzaubert................. 104
Drachen .................. 106

## Im Museum

Wirtshaus „zum Engel"........110
Die Truhe ..................112
Die Halsgeige ...............116
Des Magiers Fluch ...........118
Eine Hexe? ................ 122
Ein Stein .................. 125

# 1. Altersstufen

# Weite Reise

Ein Kindlein in der Wiege lag
ward gut umsorgt von Tag zu Tag.
Doch mit der Pflege hieß es auch,
zu denken hat's nach altem Brauch.
Es ward geprägt von alten Lehren
auch wenn das Denken die erschweren.
Der Pfarrer sagt: „S'gehört dem Herrn!"
Doch forscht das Kind auch selber gern.

Als junger Mensch braucht man viel Zeit
sucht Klarheit man im Widerstreit
von Religionen, Dichtern, Denkern
und selbsternannten Meinungslenkern.
Vielleicht wird einst, nach langen Mühen,
man deren Drängen sich entziehen
und eigene Gedanken finden,
sich frei an solche Werte binden
die sich geprüft als echt erweisen,
beständig auch auf weiten Reisen
des Geists zu Menschen, Orten, Zeiten -
Werte, die einen Menschen leiten.

Törichten Moden nicht zu trauen,
ihre Versprechen zu durchschauen,
das Echte von dem Falschen trennen
und mutig es beim Namen nennen -
das kostet mühevolle Jahre
und kämpfend kriegt man graue Haare.
Nach langem Streiten steht man dann
im Sturm geprüft frei seinen Mann.
Man kennt die Grenzen seiner Kraft,
weiß, was mit Umsicht man geschafft
und was zu schaffen uns versagt.
Ein Mann steht dennoch unverzagt;
nachdenklich spricht er vor sich hin:
„Weiß ich nun wirklich, wer ich bin?"

# Einsam

Für das Vollbringen mancher Tat
wird man gerühmt in diesem Staat.
Da gibt es Orden, Ehrenzeichen;
den Großen darf die Hand man reichen;
wird selbst vielleicht ein großes Tier
und man bedankt sich hübsch dafür.
Und die, denen das nicht beschieden,
die müssen machen ihren Frieden
mit ihrem recht bescheid'nen Los -
denn wären sie auch gerne groß,
sie sind nun mal und bleiben klein
und leider kann's nicht anders sein.
Und aller Aufwand höh'ren Strebens
bleibt für den kleinen Mann vergebens.
Er muss sich trösten mit'nem Bier -
er ist nun mal kein großes Tier.

Frei von Hunger, Durst und Liebe
spielen Gedanken
göttergleich
in erhabenen Höhen
mit Formeln der Reinheit
mathematischen Geistes.
Gebunden sind sie
an Gesetze der Logik
in eisiger Klarheit
ohne Gefühle.
Irdische Menschen
streben verblendet
Maschinen zu schaffen
die, göttergleich,
mehr sind als Menschen.
Spiel mit dem Feuer!
Statt zu verbrennen
lebe ich lieber mit Schwächen
unvollkommen und sterblich.

# Aufstieg

Es lebt ein kleiner Mann im Land
war allen Leuten unbekannt,
nährt mühsam sich und seine Frau
erbost über den Chef sich blau.
Doch eines Tags beschließt der Mann:
„Jetzt stell' ich was Besondres an -
denn wer mit was Besondrem strahlt
wird bald mit Ruhm und Geld bezahlt!"
Nur: Was kann das Besondre sein,
das ihm verhilft zu schönem Schein?
Kann er mit ein paar Farbenklecksen
die Kritiker der Kunst behexen?
Oder durch Songs mit schönen Tönen
die Jugend mit der Welt versöhnen?
Er merkt: bei allen solchen Mühen
kann schwerlich er sich selbst entfliehen.
Vielleicht wär's leichter, mit den Beinen
der Welt als Fußballstar zu scheinen.
Wer oft genug geschickt trainiert
wird eines Tages aufgespürt -
dann jubeln ihm die Leute zu,
er wird reich und berühmt im Nu.
Tatsächlich! Unser Mann steigt auf,
verändert seinen Lebenslauf,
verdient viel Geld und fühlt sich groß
und Liebe fällt ihm in den Schoß.
Doch ach! Nach wen'gen guten Jahren
muss er es an sich selbst erfahren:
Bei manchem großen äuß'ren Schritt
kommt nicht so recht das Inn're mit.

Mal fehlt es ihm an den Manieren;
auch kann er schlecht Gespräche führen.
Er fühlt, wie andre ihn mißachten
und heimlich über ihn gar lachten.
Was tun? Der kleine Mann sieht ein:
der äuß're Glanz tut's nicht allein.
Noch lange muss er sich bemühen
um in Gesellschaft gleich zu ziehen.

# Goldene Taler

Es muss im Sommer 1938 gewesen sein. Wir wohnten damals in dem kleinen ostpreußischen Städtchen Stallupönen, nahe der litauischen Grenze. Der riesige Marktplatz döste in der Mittagshitze – wie heiß waren dort die Sommer! Auch meine Mutter hielt ihren Mittagsschlaf. Als Fünfjähriger wusste ich: An der einen Ecke des Platzes stand der Karren des Eisverkäufers – so ein kühles süßes Eis wollte ich unbedingt haben. Allein machte ich mich auf den Weg – aber das Eis hätte etwas gekostet. Wie konnte ich das bezahlen? Meine Eltern hatten davon gesprochen, dass mein Vater ein Konto bei der Sparkasse besaß. Dort marschierte ich hin, reckte meine Nase hoch zum Bankschalter und sagte, ich brauchte zwanzig Pfennig, mein Vater, der Apotheker, hätte hier doch Geld.

Die Bankangestellten lachten, sie fragten nach meinem Namen, ließen mich meine Anfangsbuchstaben auf ein Blatt Papier malen und händigten mir zwei Schokoladentaler aus – wie schön glänzte das goldene Stanniolpapier!

Stolz über meinen Erfolg und zuversichtlich ging ich mit diesem Geld in der heißen Kinderfaust los, ein gutes Stück Weg war es zum Eisverkäufer. Heiß brannte die Sonne auf den schattenlosen Platz. Bis ich beim Eiskarren ankam, war die Schokolade zu einer zähflüssigen braunen Masse geschmolzen, die mir die Finger verklebte. Ich reichte dem Mann meine Taler, verlangte ein Eis dafür. Aber der Eisverkäufer schüttelte den Kopf: „Neee, Jungchen, für so'n Matsch kannste nuscht kriejen, lutsch die Schokolade man selber!"

Mit Tränen der Enttäuschung und Wut stolperte ich heim zu meiner Mutter, berichtete schluchzend von meinem Erlebnis. Meine Mutter nahm mich in den Arm, sie erklärte, aber das tröstete mich nicht. Am Abend erzählte sie meinem Vater die Geschichte, und der lachte.

## Karriere

Es lebt ein armer Knabe
in einem reichen Land;
er schaut auf seine Habe
und prüfte was er fand.

Zu wenig war's, er wollte
doch auch geachtet sein.
Es drängte ihn zum Golde,
er trat ins Bankhaus ein.

Die Karriereleiter
die stieg er steil hinauf,
und weiter, immer weiter
trug ihn der Aktienkauf.

Nach wenig Jahren war er
vielfacher Millionär -
in andern Menschen sah er
nur noch ein Lumpenheer.

Mochten sie doch verrecken -
er war jetzt in der Höh'.
Er braucht sich nicht verstecken,
die Armut war passé.

Doch solche schlimmen Leute
sind Gott sei Dank recht knapp;
macht einer reiche Beute
gibt er doch gern was ab!

# Tüchtig tüchtig

Wer lang sich müht mit tücht'gem Streben
zu ringen um den Stoff zum Leben
der freut sich, wenn er dann und wann
sich bei'nem Spiel entspannen kann.

Darf er dabei sich gehen lassen?
Braucht er nicht ständig aufzupassen?
Oh doch! Denn auch im leichten Spiel
geht's ihm nur um ein andres Ziel.

Zwar sollt' das Spiel von Zweck sein frei
doch bleibt's nicht immer nur dabei:
Gewinnen will man Geld und Ehren
das Ansehn seiner selbst vermehren.

Für ihn zählt nur der schöne Schein;
den bringt der Sieg von sein'm Verein.
Und um im Spiel zu triumphieren –
man möchte ja nicht gern verlieren

Strengt er dabei sich mächtig an.
Erholung gibt's nicht für den Mann.
Zwar ist auch oft der Zufall wichtig,
macht er was draus, dann ist er tüchtig.
Im Spiel sich's zeigt, nimmt man's genau
ob er nun dumm ist oder schlau.

# Promotion

Wer endlich mit fast vierzig Jahren
die Doktorehrung hat erfahren,
der darf sich sonnen in dem Glanze
von frisch errungnem Lorbeerkranze.
Doch bald wird aus der neuen Würde
im Alltag eine schwere Bürde:
denn von ihm hofft sich nun ein jeder
ein Schreiben mit gewandter Feder.
Strebt weiter er nach hohem Ziel
braucht er vor allem einen Stil -
nicht den von einem krausen Besen,
sondern von elegantem Wesen.
Ganz ohne Schnörkel, klar und schlicht -
dann wird die Prosa zum Gedicht.

# Der Stuhl

Wie oft hatten wir als Studenten über Philosophie und Wissenschaft diskutiert, mein einstiger Schulfreund und ich! Jetzt, in den sechziger Jahren, verdiente ich als junger Lehrer meinen Lebensunterhalt; er studierte noch immer, nachdem er zwei mal die Fakultät gewechselt hatte. Nach einer praktischen Verwertbarkeit seiner Studien fragte er nicht. Anfangs hatten ihn seine Eltern finanziert, norddeutsche Bauern; jetzt arbeitete er halbtags für Geld. Eine Stelle als Schulfunkredakteur, die ihm angeboten wurde, lehnte er ab – er hatte sich kurz davor einem Büro verpflichtet, es war für ihn ein Ehrenprinzip, sein dort gegebenes Wort zu halten. Er lebte als Privatgelehrter, an soziale Bindungen dachte er nicht.

Er kam zu Besuch nach Villingen. Ich zeigte ihm die Stadt. Man war stolz auf schöne alte Gebäude und Traditionen. Aber in ihr waren damals auch Gedanken über „Rassisch Wertvolles" und „Entartete Kunst" noch sehr lebendig. Mein Oberstudiendirektor forderte per Lautsprecherdurchsage die Schüler auf: „Liebe Jungen und Mädchen, besucht fleißig die Gottesdienste; das ist dringend nötig, da wir heute im Abwehrkampf stehen gegen Atheismus, Bolschewismus und ähnliches Untermenschentum". Frisch von der Universität gekommen, versuchte ich, mit Bemerkungen und in Diskussionen den Schülern Anregungen zu modernerem Denken zu geben; damit stand ich im Kollegium allein, fühlte mich einsam, ein Außenseiter.

Mein Freund interessierte sich kaum für meinen Alltag. Er erzählte über die Gedanken Spinozas, und wie wichtig die für alles weitere neuzeitliche Denken waren. Mein Leben in der Kleinstadt – ja doch, er wünschte mir viel Erfolg dabei. Aber was für ihn zählte, war allein die reine Erkenntnis. Unwiderlegbar seine messerscharfe Logik. Als wir in meiner Wohnung bei Tisch saßen und meine Frau ein gutes Essen auftrug, lobte er das mit wohlgesetzten Worten. Er sprach im knarzigen Tonfall der Leute von der Unterelbe, seine Arme unterstrichen alles mit lebhaften Bewegungen. Meine Kinder saßen dabei, versuchten, von dem Gast beachtet zu werden – der aber dozierte weiter. Meine Frau fragte, ob er denn damit ein Examen ablegen und zu welchem beruflichen Ziel das führen könnte – er wich aus, das würde sich zu gegebener Zeit schon finden. Und gleich war er wieder bei Kants Philosophie. Der große hagere Mann mit dem schütteren Blondhaar sprach voller Eifer, schaukelte mit dem Oberkörper, lehnte sich zurück, rutschte auf dem Stuhl von hinten nach vorne und wieder nach hinten.

Der Stuhl ächzte und knackte bedrohlich – der Philosoph beachtete es nicht. Da plötzlich ein gewaltiger Krach – und der Mann saß zwischen zerbrochenem Holz auf dem Boden. Die Kinder konnten sich nicht halten vor unbändigem Gelächter, meine Frau und ich auch nicht.

Wir nahmen den Kaffee nebenan im Wohnzimmer. Aber danach hatte mein Freund es ziemlich eilig, wieder nach Freiburg zu kommen. Er wollte noch weiter in der Kritik der reinen Vernunft lesen.

# Das Amt

„Bi uns singt wi de ollen Lieder, Wi glövt wat in de Bibel stot un wat Martin Luther seggt het – niemodischen Professorenkram, dat is nix für hier!" Mit diesen Worten fertigten die Kirchenältesten eines ostfriesischen Dorfes den jungen Pfarrer ab, der neu in ihre Gemeinde gekommen war. Der saß da wie versteinert – wofür hatte er jahrelang studiert? Wie hatte er mit sich selbst gerungen, um die alten Glaubenstraditionen, in denen er aufgewachsen war, in Einklang zu bringen mit einem modernen, so ganz anderen Weltbild! Er hatte an den alten Bindungen festhalten wollen, auch wenn ihm das schwer fiel; er hatte seine theologischen Examina gemacht und sich in den Dienst seiner Landeskirche gestellt – und die hatte ihn nach Ostfriesland geschickt, auf das flache Land, wo die Häuser sich unter den Wind ducken, die Menschen viele Kilometer weit zur Arbeit nach Emden fahren und der Schützenverein das geistige Leben bestimmt.

Der junge Pfarrer taufte, traute und beerdigte, wie das von ihm erwartet wurde, er gratulierte Jubilaren zum Geburtstag und trank den guten Ostfriesen-Tee mit einem Wölkchen Sahne – aber er fühlte sich dadurch nicht ausgelastet. Wenn er über das sprach, was ihn bewegte, hörten die Leute ihn schweigend an, konnten und wollten aber keine eigene Meinung dazu haben. Wenn es drauf ankam, galt nach wie vor das Wort der mächtigen Alten.

Sollte er sich damit begnügen, die Bedürfnisse seiner Gemeinde nach Geborgenheit in Tradition und Ritus zu erfüllen? Oder durfte er die Leute mit Fragen belasten, die sie überforderten und auf die er selbst Antworten immer nur suchte? Aber wenn er das nicht tat – verriet er dann nicht den eigentlichen Auftrag seines Amtes? Musste er im inneren Zwiespalt seine täglichen Kompromisse finden, oder wäre es nicht ehrlicher, das Pfarramt mit der Tätigkeit eines Psychotherapeuten zu vertauschen?

Zwei Jahre lang kämpfte der Pfarrer. An seiner Frau hatte er keine Hilfe – die machte den Kindergottesdienst und kam mit dem Dorfleben zurecht, aber für seine Probleme interessierte sie sich nicht. Er bat darum, an einen anderen Ort versetzt zu werden – der Superintendent meinte, der Pfarrer müsse die

Wünsche seiner Gemeinde achten und sich anpassen; Traditionalisten seien das Rückgrat der Kirche, auf die könne und wolle man nicht verzichten. Verbittert über seine Obrigkeit, suchte der Pfarrer noch ein weiteres Jahr nach Kompromissen – es befriedigte weder ihn noch seine Gemeinde.

Von einem Studienfreund hörte er, die Bundeswehr suche Heeresgeistliche. War es Flucht, wenn er versuchte, dem Alltag des friesischen Dorfes zu entkommen? War der nicht nur eine Art langsamen geistigen Sterbens? Wie konnte er leben? Er bewarb sich bei der Bundeswehr, durfte sich vorstellen. Ja, sie nahmen ihn. Mit Mühe konnte er sich von der Landeskirche beurlauben lassen, zunächst auf drei Jahre – vielleicht wäre eine Verlängerung möglich.

Das neue Amt wurde für ihn zu einer Erlösung. Männer mittleren Alters, Unteroffiziere und Feldwebel, suchen oft Antworten auf die Fragen nach Sinn. Regelmäßig gibt es Rüstzeiten mit Sport und Diskussionen; die Tagungen werden vom Adjutanten vorbereitet, der Pfarrer darf sich auf die geistige und geistliche Arbeit konzentrieren und die Probleme behandeln, die ihn wirklich interessieren. Und nebenher spricht man über die kleinen Dinge des Alltags: Was darf der Spieß dem Soldaten verbieten? Und wer hilft, wenn der Dienst die Soldaten von Frauen und Freundinnen trennt? Manchmal ist es hart: wenn ein Soldat sich erschossen hat – was sagt dann der Pfarrer den Kameraden und Angehörigen? Alle zwei Jahre ruft die Pflicht ihn in Krisengebiete, nach Afghanistan oder ins Kosovo. Aber wie interessant ist es dann auch, viel über die Probleme jener Länder zu erfahren!

Frei von lästigen Zwängen und Rücksichten kann der Mann das tun, was seinem Seelsorgeramt Sinn gibt. Was aber wird werden, wenn er nach einigen Jahren aus der Bundeswehr ausscheiden und in seine Landeskirche zurückkehren muss? Daran mag er nicht denken.

# Ein beliebter Mitarbeiter

Ein im Städtchen bekannter Mann wurde beerdigt. Engagiert in Partei und Kirche, Verfasser vieler Leserbriefe, Leiter von einigen Bildungsreisen, war er oft unbequem gewesen, hatte mit dem Bürgermeister, mit Stadträten, Pfarrern und Schuldirektoren heftig und öffentlich gestritten; und gerade damit hatte er sich die Achtung vieler Mitbürger erworben. Ein langer Trauerzug folgte seinem stattlichen Sarg.

Während die Menge langsam am offenen Grabe vorbeizog, sah ich, wie etwa fünfzig Schritte entfernt eine schmucklose Urne unauffällig vergraben wurde.

In Gesprächen glitten die Trauergäste unmerklich fort vom Gedenken an den Toten zu ihren Alltagsgeschäften. Ich fragte den Rektor der Hochschule, was er noch tun werde an jenem Nachmittag; er antwortete beiläufig: „Unter anderem Formalitäten erledigen wegen jener Bestattung dort drüben". Und er blickte zu der Stelle, wo der Totengräber gerade die Erde über der Urne festklopfte.

„Ja", sagte er, „der Mann war bei uns an der Hochschule, aber noch nicht lange dabei. Er stammte aus Thüringen und war in den fünfziger Jahren rübergekommen . Er fand Arbeit in der großen Firma, machte die Meisterprüfung und heiratete eine Zeichnerin. Sie bauten ein Haus und hatten zwei Söhne. Finanziell kamen sie gut hin, sie schickten die Jungens aufs Gymnasium, und die machten es auch recht. Er wurde von den Nachbarn geschätzt, bei den Kollegen war er beliebt – oft sah man ihn nach Feierabend im Wirtshaus."

Ich stellte mir vor, wie der Mann im Kreis seiner Freunde gesessen haben mochte, ein rundes, kräftiges Gesicht, lachend über manch derben Witz, dann selber erzählend, in breitem Behagen Freude ausstrahlend. Wichtig für ihn, als Thüringer unter den Schwaben gern gesehen zu werden. Und danach gab es wahrscheinlich häusliche Szenen, eine Frau, die bärenhaft-tapsige Annäherungsversuche zurückwies, sich ekelte vor Alkoholfahne und Rauch. Hin und hergerissen mochte er sich gefühlt haben: sollte er sich ducken unter den Pantoffel seiner Frau? Ihm schien das verächtlich, er war aufgewachsen mit der

Vorstellung, ein Mann müsse vor allem geachtet sein bei seinen Kollegen – und dort galt derbe Männlichkeit als Zeichen von Stärke.

Selbstverständlich, Achtung hatte er erlangt durch seine Leistung, seinen ehrlich erworbenen Besitz, die Leistungen seiner Söhne. Und da er alles hatte, konnte er es sich leisten, darüber hinaus noch etwas erleben zu wollen, etwas, mit dem er im Kreis seiner Freunde groß tun konnte. Beispielsweise zeigen, wie viel Manneskraft er in sich verspürte.

Einer seiner Kollegen erzählte von Erlebnissen in der Großstadt und in Thailand. Der prahlte mit dem, was er für große Taten hielt, und unser Thüringer ließ sich hinreißen, ihn deswegen zu bewundern. Er durchschaute nicht, wie erbärmlich dieses Getue doch eigentlich war – schien nicht der ganze Freundeskreis den Sexprotz lachend zu verehren? Wer wollte schon sauertöpfisch abseits stehen, wo alle sich amüsierten? Unser Mann ließ sich überreden, solche Abenteuer auch einmal zu probieren. Der Kollege, der ihn dorthin mitschleppte, trank ihm danach im Ochsen kräftig zu, stachelte ihn an, mit Erlebnissen zu prahlen, die in seiner Phantasie immer gewaltiger wurden.

Seine Frau tat, als sei sein Rausch eine harmlose Entgleisung gewesen. Sie versuchte, ihn zu entschuldigen. Aber die Reden, die er geführt hatte, wurden in der kleinen Stadt weitergetragen und gelangten schließlich auch zu ihr. Sie meinte, er habe wohl alles nur phantasiert, um sich groß zu tun. Aber bei einem Streit warf sie ihm das Zeug an den Kopf, und daraufhin ging er sich sofort wieder vollaufen lassen und verbrachte das Wochenende wer weiß wo. Sein Sohn schleuderte ihm seine Verachtung ins Gesicht, und das trieb ihn noch mehr in den Alkohol. Der Zuspruch wohlmeinender Vorgesetzter half nichts. Man entließ ihn, kurz bevor er dreißig Jahre zur Firma gehörte.

Seine Frau ließ sich scheiden, die Söhne wollten nichts mehr von ihm wissen. Mit Mühe brachte er die Krankenkasse dazu, ihm eine Entziehungskur zu bezahlen. Als er wiederhergestellt war, stand er arbeitslos auf der Straße.

Das Arbeitsamt vermittelte ihm eine ABM-Stelle an der Hochschule. Er war tüchtig, rasch erwarb er sich Ansehen bei Kollegen, Professoren und Studenten. In absehbarer Zeit sollte er fest angestellt werden.

Im Spätherbst musste er sich einer Gallenoperation unterziehen. Als er über den Berg zu sein schien, besuchten sie ihn. Es war ja jetzt ein ganz neuer Kollegenkreis, unter ganz anderen Menschen hatte er sich erneut Achtung erworben! Er scherzte mit ihnen: „Bald bin ich wieder bei euch!"

Eine Embolie brachte ein plötzliches Ende. Wer aber sollte für die Beerdigung aufkommen? Seine frühere Firma lehnte jede Fürsorge ab – der Betriebskrankenkasse gehörte er nicht mehr an. Dem öffentlichen Dienst noch nicht. Die ABM-Stelle war nicht versichert. Seine geschiedene Frau betrachtete sich als frei von jeder Verpflichtung.

Das Bestattungsinstitut wandte sich an den Rektor der Hochschule. Der erreichte in schwierigen Verhandlungen, dass das Landesversorgungsamt die Kosten übernahm – einfachste Urnenbestattung.

Der Rektor auf dem Friedhof sprach mit Teilnahme über den Mann. Vor einer Woche bei der Einäscherung war er der einzige Anwesende gewesen. Jetzt waren er und ich aus anderem Anlass hier. Zu der Beisetzung der Urne warf er aus der Ferne einen Blick hinüber. Von der Runde jener Männer, an deren Anerkennung dem Thüringer so viel gelegen war, war niemand zu sehen.

# Der Kritiker

Was treibt den alten Kritikus
zu immer neuem Schreiben?
Er folgt dem inn'ren Impetus
dem einfach er gehorchen muss
und kann nicht ruhig bleiben.

Dort wo er kleine Mängel sieht
will er gleich korrigieren.
Der Rotstift in der Hand ihm glüht,
der Menschen Sympathie ihn flieht –
man lässt ihn Kälte spüren.

Doch sieht er mal wo Qualität
dann weiß er sie zu schätzen;
er weiß, was ihm zu Herzen geht
und was in schönen Worten steht
in wohlgebauten Sätzen.

Drum haltet ihn nicht für gemein
wenn er mit harten Worten
die Kunst versucht, gerecht zu sein
und Echtes trennt von falschem Schein
an ausgewählten Orten.

Er ringt in seiner eig'nen Art
um seine Form des Wahren
und hat an Mühe nicht gespart
und freilich ward er dabei hart
in kämpfereichen Jahren.

# Scrabble

Ein Tag, ausgefüllt mit häuslichen Arbeiten, Lektüre, vielleicht einem Spaziergang. Man könnte noch Musik hören. Vielleicht kommt am Abend etwas Anregendes im Fernsehen oder im Radio, oder gehen wir ins Theater oder in ein Konzert? Gegen fünf Uhr nachmittags können wir nichts mehr recht aufnehmen.

„Hast du Lust auf ein Spielchen?" Zu zweit können wir die Zeit bis zum Abendessen überbrücken. Als altes Ehepaar haben wir uns im Lauf der Jahre schon vieles erzählt; manchmal gibt es Neues aus dem Tagesgeschehen oder Wichtiges aus der Familie, oft aber auch nicht. Dann schafft ein Spiel Gemeinsamkeit, hilft, bei einer anderen Art von Beschäftigung den Geist zu entspannen.

Wir wollen uns nicht abhängig machen vom Zufallsglück der Würfel oder der Spielkarten. Freude macht es, spielerisch Fähigkeiten zu entfalten! Beim Scrabbeln gilt es, mit wenigen Buchstaben Wörter so zu bilden, dass sie eine möglichst hohe Punktzahl einbringen: wer kann einen hochwertigen Buchstaben so auf das Feld legen, dass er zwei- oder dreifachen Wert bringt, wenn möglich, gar ein ganzes Wort im zwei- oder dreifachen Wert? Wem fällt etwas Gutes ein? Sind poetische Neuschöpfungen erlaubt? Sind Wörter wie „Guldenspange" oder „Holzeule" erlaubt?

Manchmal frustriert es, wenn Buchstabenklötzchen sich absolut nicht zu Wörtern fügen wollen. Soll man, um sie auszutauschen, eine Spielrunde aussetzen? Ist es wichtig, durch die eigene höhere Punktzahl zu gewinnen? Oder kommt es darauf an, gemeinsam ein sinnvolles Kreuzwort-Gebilde zu schaffen, wobei einer dem anderen hilft?

Die Motive durchdringen einander. Meine Frau und ich, wir spielen um des Spiels willen. Jüngere Menschen trainieren ihre Körper im Sport – in unserem Alter freuen wir uns, wenn uns gute Wörter einfallen. Zufrieden räumen wir nach einem guten Spiel die Klötzchen fort.

# Bescheidung

Ein Mann wanderte durch ein weites Land. Er fühlte sich einsam – er dachte, die meisten Menschen, die er kannte, verstünden ihn nicht, und die wenigen, die ihn verstanden, lebten so verstreut, dass er sie nur selten sah. Er sehnte sich nach Anerkennung – den einen oder anderen Text hatte er ja geschrieben, auch ab und zu etwas gesagt, und ein paar Bildwerke waren unter seinen Händen entstanden – aber war das genug, um dafür anerkannt zu werden?

Er war mit sich selbst nicht zufrieden. Hatte er wirklich das geschafft, was die Natur in ihm angelegt hatte? Vielleicht hatte er nur einen kleinen Teil seiner Gaben richtig genutzt. War das, was er geschrieben und gewerkelt hatte, nicht allzu banal? Konnte er Versäumtes noch nachholen? Er war alt, er gehörte zu einer vergangenen Zeit. Zwar sagen manche Leute, für ein gutes Werk sei es nie zu spät – aber konnte er denn noch auf Einfälle hoffen; hoffen, noch etwas Neues und Originelles zu schaffen, das Anerkennung finden würde?

Während seines Lebens hatte die Welt sich verändert. Für seine Enkel und deren Freunde war er ein Überbleibsel aus einer fernen Vergangenheit. Hatte er den Heutigen wirklich noch etwas zu sagen?

Aber manchmal fiel doch ein Lichtstrahl in seine Welt. Da schrieb einer, ein paar Worte, die er einstmals leichthin gesagt hatte, hätten ihm einen Weg gewiesen. Oder ein anderer sagte, ein Bildwerk von ihm hätte ihm so gefallen, dass er ein Foto davon an andere Menschen verschenkt hatte. Und war es nicht schön und interessant zu erleben, wie seine Enkel sich zu tüchtigen Menschen entwickelten? Manche Samenkörner, die er einst irgendwo aufgelesen und ausgestreut hatte, waren aufgegangen und hatten Früchte getragen.

Er hörte Gustav Mahlers „Lied von der Erde", das Stück vom „Einsamen im Herbst". Ja, er wurde melancholisch, wenn er an den kommenden Winter dachte. Aber was half das? Er musste sich einfügen in den großen Kreislauf vom Werden und Vergehen. Es gibt Schweres und Schönes in der Welt. Und so lange er das noch konnte, wollte er sich freuen an dem, was zu erreichen ihm möglich war.

# Selbstwertgefühl

Die Gymnasiasten sollten einen Klassenaufsatz schreiben: Wie gewinne ich Selbstwertgefühl? Hans grübelte und grübelte. Er war autoritär erzogen worden. Einstmals, wenn er mit seiner Schwester gestritten hatte, oder bei kleinen Vergehen, hatte der Vater abends zum Rohrstock gegriffen – ein paar Hiebe auf den Hintern des Jungen, viele ermahnende Worte, wieder Hiebe, lange Predigten, nochmals Hiebe. Die Eltern verlangten, der Junge sollte den schweren Kohleneimer aus dem Keller in die hoch gelegene Dachwohnung schleppen; als der Junge meinte, das könnte doch das Dienstmädchen tun, diese Arbeit sei unter seiner Würde, erhielt er einen scharfen Anpfiff: „Du hast noch überhaupt keine Würde! Erwirb sie dir erst durch Arbeit – Arbeit adelt!"

Nun war der Vater seit Jahren tot, aber seine Worte wirkten weiter. Gehorchen sollte der Junge lernen, damit später etwas Ordentliches aus ihm werden könnte. Jetzt lebten die Mutter, die Schwestern und er bescheiden als Flüchtlinge in einer Kleinstadt. Die Mutter ermahnte ihn: „Zu schwierigen Fragen ein eigenes Urteil zu äußern – das steht nur höher gestellten Persönlichkeiten zu, nicht einem armen Waisenjungen wie dir! So etwas kann zu höchst unangenehmen Verwicklungen führen!"

Und nun dieses Aufsatzthema. Hans grübelte. In seinem Konzept schrieb er, gerade ein Mensch aus der Tiefe, wenn er denn gute Leistungen brächte, hätte doppelt Grund stolz auf sich selbst zu sein – nicht vom Schicksal mit Glücksgütern gesegnet, zählten seine Leistungen um so mehr. Um den noch unzureichend formulierten Gedanken breiter und besser auszuführen, brauchte er Papier für die Reinschrift. Aber in dem Klassenzimmer gab es das nicht. Hans wollte aus dem Sekretariat welches holen. Die Schule war kürzlich umgebaut worden – wo nur war jetzt dies verdammte Büro? Hans suchte in verschiedenen Stockwerken, klopfte an Türen, erhielt abweisende Antworten – wertvolle Minuten verrannen. Hinunter ins Erdgeschoss zum Hausmeister – dessen Hilfe lief ihm über den Weg. Die Frau hatte sich gerade einen Wecken mit dicken Wurstscheiben belegt; eine davon fiel auf den Boden. Hans hob sie auf; obwohl er sie gern gegessen hätte, gab er sie der Frau zurück – die warf sie

auf eine von vielen Menschen begangene Treppe. Sollte Hans die beschmutzte Wurst von dort wieder aufnehmen? Ja doch – hastig stopfte er sie sich in den Mund.

Wenigstens wusste Hans jetzt wo das Sekretariat war; er rannte drei Treppen hinauf. Umständlich fragte der Schulsekretär, wofür er das verlangte Papier brauchte. Der Mann kramte in verschiedenen Schubladen, zögerte hier, machte da eine Pause. Wertvolle Zeit verstrich – und Hans brauchte sie doch für seine Reinschrift! Endlich bekam er sein Papier, rannte zurück in die Klasse. Die war schon halb leer, die meisten Mitschüler hatten ihre Arbeit bereits abgegeben. Hans mühte sich, seine Nervosität gewaltsam zu überwinden. An seinem Platz wollte er in fliegender Hast zu schreiben beginnen – aber wo sollte er jetzt anfangen? Mit welchen Gedanken zum Selbstwertgefühl? Schwer atmend erwachte er aus einem Traum.

Jahre später verglich Hans sein Selbstwertgefühl mit dem, was einstige Mitschüler und Mitstudenten in ihren Leben erreicht hatten. Manche hatten sich an einen Mentor oder Paten gebunden, und diese Bindung hatte ihnen zu einer Karriere verholfen. Es war wie in der Parabel vom Weinstock des englischen Schriftstellers D.H. Lawrence: Wo Reben sich an der richtigen Stütze emporranken und von einem guten Winzer beschnitten und gepflegt werden, können sie reiche Frucht tragen und stolz auf sich sein. Hans hatte keine solche Stütze gefunden, er hatte wie ein ungepflegter Weinstock seine Ranken am Boden in verschiedene Richtungen wachsen lassen, wie Unkraut waren sie wild gewuchert, hatten ein eigenwilliges Gewächs mit nur wenigen kleinen Früchten gebildet. Konnte auch er das Gefühl haben, etwas wert zu sein? Anerkennung durch die sogenannte öffentliche Meinung war ihm versagt geblieben. Wenn es auch schwer fiel – er musste es lernen, genügsam seine Eigenart anzunehmen. Er erinnerte sich an die Meinung einer berühmten Journalistin: Der Platz zwischen den Stühlen ist ein Ehrenplatz. Und immer mal wieder fanden sich einzelne Menschen, die ihn fühlen ließen, dass sie ihn schätzten.

# Frühling 2016

Hell blaut der Himmel hinter weißen Wolkentupfern;
Kahl zeichnen Äste filigrane Muster.
Vom Schnee befreit, lässt braune Erde sprießen
der zarten weißen Glöckchen erstes Grün.
Die laue Luft macht nahen Frühling ahnen.
In Hecken zwitschern kleine Vögel hoffnungsfroh –
des Winters kalte Tage sind gezählt.

An solchem Tag vor einundsiebzig Jahren
da kämpften Heere noch, verbissen, aussichtslos.
Die Menschen starben, viele auf der Flucht.
Was in Jahrhunderten gebaut, versank.
Wer durfte damals auf ein neues Leben hoffen
in einer unbekannten Trümmerwelt?

Das Leben schuf sich kräft'ge neue Formen.
Zwar schmerzten alte Wunden lange noch
doch wuchs verstehend hier ein andres Land.
Nun wieder töten schrecklichere Waffen,
vertreiben Menschen aus gewohnter Welt –
wird auch für sie sich Neues hier gestalten?
Den Alten ungewohnt klingen die neuen Lieder –
mögen sie Junge einen gutem Weg geleiten.

# 2. Liebe

# Der Eichelhäher und die Rose

Ein Eichelhäher flog durch den Herbsttag. Rötlich-grau war sein Federkleid, blau, schwarz und weiß gestreift seine Flügel. Er war ein wenig kleiner als eine Krähe, und verspielter als seine entfernten Verwandten. Er turnte herum in den Büschen eines herbstlichen Gartens, richtete zum Spaß seine bunte Haube auf. Er sah eine Rosenknospe – rot schimmerte die Blüte zwischen den grünen Deckblättern, die sie noch fast völlig umschlossen. Aber es war schon spät im Herbst, kühl waren die Tage, noch kühler die Nächte. „Wahrscheinlich wird die Rose erfrieren, bevor sie erblühen kann", dachte der Häher. Er ahnte, wie schön die Rose werden könnte, und er fühlte Mitleid, weil sie sich wohl kaum entfalten würde. Immer wieder dachte er an die Schönheit der nicht entfalteten Rose.

In der Nacht legte sich Schnee auf alle Pflanzen des Gartens, auch auf die Rose. Aber es war, als hätten die Gedanken des Hähers einen unsichtbaren Schutz um sie gelegt: die Schneeflocken auf ihr bildeten einen weichen, wärmenden Mantel, der die Gestalt des Vogels annahm; wer das Gebilde anschaute, freute sich an dem natürlichen Spiel der Form.

Der Häher kehrte zu seiner Angebeteten zurück. „Der Schnee wird schmelzen", sinnierte er. „Aber wenigstens für ein Weilchen ist die Rose zu einem Bild erblüht – zu meinem Bild, weil ich sie liebe."

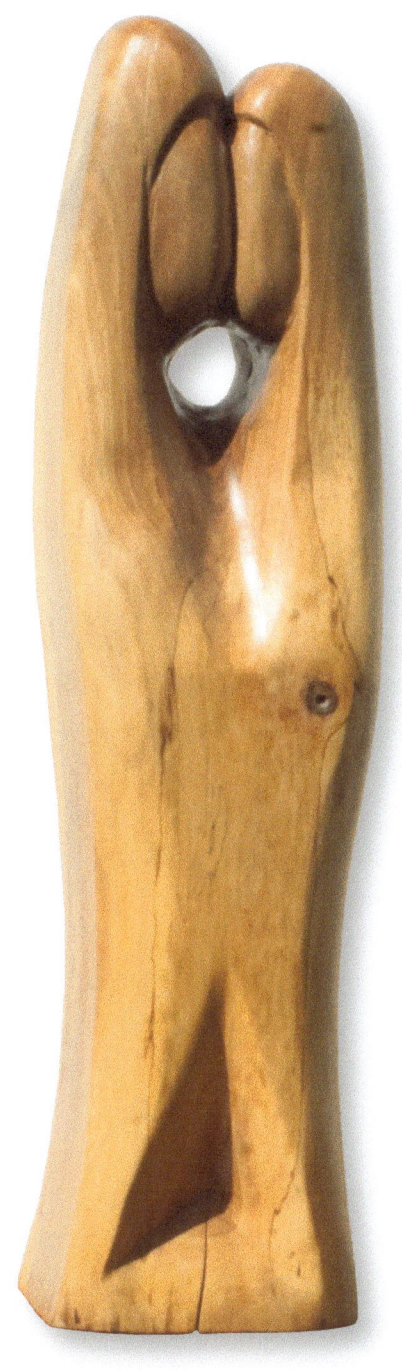

# Nach fünfzig Jahren

Hans' Frau war vor einem Jahr gestorben. Jetzt wollte er Verwandte in Norddeutschland besuchen. Von seinem Wohnort im Süden war der Weg weit dorthin. Er nahm den Zug.

Halt in Mannheim. Neue Mitreisende stürmen in den Zug. Er ist noch allein in seinem Abteil. Eine ältere Dame tritt ein, deutet auf den freien Platz ihm gegenüber. „Sie gestatten?"

„Selbstverständlich." Aber dann stutzt er. Ist das nicht sie, die damals… Damals in Freiburg, vor mehr als fünfzig Jahren...

Er wohnte in einer Studentenbude, einer winzigen Mansarde eines hohen Mietshauses. Die hatte er sich mit einfachsten Mitteln gemütlich hergerichtet, selbst geschreinerte Möbel aus rohem Tannenholz, Drucke aus einem Kunstkalender an den Wänden. Die meiste Zeit verbrachte er in den Seminaren der Uni, aber manche Stunden lag er auch lesend auf seinem Bett. Es war ruhig dort, nur wenige Geräusche drangen aus der Nachbarmansarde zu ihm herüber.

Als er eines Tags nach Hause kam, begegnete ihm im Treppenhaus ein blondes Mädchen. Er stellte sich flüchtig vor. Sie lächelte. „Ich wohne in dem Zimmer neben Ihrem. Darf ich abends mal zu einem kleinen Schwatz zu Ihnen rüber kommen?" Er hatte nichts dagegen.

Abends klopfte es. Sie kam im eng anliegenden Trainingsanzug, setzte sich so in seinen kleinen Sessel, dass ihre Reize zur Geltung kamen. „Hier gefällt's mir, hier geh ich nicht weg!" Sie studierte Betriebswirtschaft, kannte noch niemand hier. Nach zwei Semestern in Hamburg wollte sie hier etwas Neues kennenlernen. Er erzählte von seinen Fächern, Philologie. Demnächst wollte er eine Zwischenprüfung machen. Gute Nacht.

Begegnungen im Treppenhaus, flüchtige Wortwechsel. Aber dann sagte er: „Heute Abend läuft im Kino ein interessanter Film, den möchte ich mir anschauen." Das fasste sie als Einladung auf. Eigentlich hatte er es gar nicht so gemeint, aber wenn sie wollte. Nein, er hatte nichts dagegen, dass sie mitging. Nach dem Kino gingen sie noch spazieren, ein warmer Maienabend. Sie kamen an einem Kinderspielplatz vorbei. Die Schaukel lud ein. Und ehe er sich's versah, saß sie rittlings auf seinem Schoß, presste sich an ihn, sauste mit ihm auf und nieder. Ihr Haar duftete, warm war ihr Atem. Noch nie hatte er das erlebt; seine Mutter hatte ihn ermahnt: „Das versparst du dir bis nach der Hochzeit!" Und doch hatte er sich heimlich danach gesehnt, im Bewusstsein, dass ihm eine wesentliche Erfahrung fehlte.

Sie gingen heim, jeder in seine Kammer, Wand an Wand. Dann hörte er sie draußen im Flur. Sollte er sich trauen, zu ihr zu gehn? Sein Herz klopfte ihm bis zum Hals. Konnte er das strenge Tabu brechen? Er umarmte sie auf dem Flur, bestürmte sie mit Bitten. Nach ein bisschen Widerstand gab sie nach. Als sie auf ihrem Bett lagen, zitterte er am ganzen Leib. Sie beruhigte ihn, führte ihn ein in die Liebe. Für sie war er der Erste nicht.

Danach kam er sich schlecht vor – hatte er sie nicht missbraucht, eine Verantwortung für sie auf sich geladen, die er eigentlich scheute? Aber offensichtlich hatte ja sie das gewollt. Und sie wollte es wieder, fragte ihn, wie er denn allein schlafen könne in der Sommernacht, nur durch eine dünne Wand von ihrem Bett getrennt. Er war wieder hinüber gegangen, hatte ihre und seine Wünsche erfüllt. Sie war glücklich über ihre Eroberung. Aber er dachte insgeheim, dass er sich so nicht dauerhaft einfangen lassen wollte. Sie spürte seine Vorbehalte. Nach dem Ende des Semesters suchte sie sich ein anderes Zimmer. Sie bat ihn, sie dort einmal zu besuchen. Er tat es, und sie flehte ihn an, sie nicht einfach so zu verlassen. Aber er mochte sich nicht an sie binden. Er hatte ein schlechtes Gewissen dabei, aber er hatte sie für sich abgestempelt als „so eine" – das konnte nichts Dauerhaftes werden.

Jahre waren vergangen. Er hatte Examen gemacht, Fuß gefasst im Beruf, geheiratet, Kinder, eine glückliche Familie. Mehr als fünfzig Jahre hatte er nichts von ihr gehört, auch nicht nachgeforscht. Nicht die leiseste Ahnung hatte er, was aus ihr geworden sein mochte. Und nun sitzt sie ihm plötzlich gegenüber. Er traut seinem Gedächtnis nicht. Ist sie's wirklich, oder ist sie's nicht? Ein bisschen füllig ist sie, die einstige Schönheit hat sich gewandelt, eine lebenserfahrene, selbstsichere Frau. Immer noch attraktiv. Etwas nachdenklich sagt sie: „Mir ist, als kennten wir uns."

Er streckt die Hand aus, murmelt den Namen, den sie damals trug. Sie nickt.
„Die Zeit unseres Zusammenseins war doch schön! Auch wenn es für dich nicht die große Liebe war!"
„Tja, ich war wohl ziemlich verklemmt damals, ich war nicht reif. Du warst für mich eine wichtige Erfahrung."
„Es war schön für mich, und danach kam anderes. Warum soll man Sexualität so furchtbar schwer nehmen, sie gehört einfach dazu, wie das Essen eines Apfels."
„Für mich war das anders. Das sollte etwas ganz Großes sein, das man kaum berühren durfte. So war ich halt erzogen, sehr altmodisch. Inzwischen denkt man ja anders darüber."
„Du nanntest mich damals ein verheddertes Seelchen, aber das warst du selbst!"
„Ja, das war ich wohl", lächelt er. „Das war eben die allgemeine Prüderie damals. Klein-Hänschen war noch nicht frei vom Gängelband seiner Mutter. Für mich warst du ein leichtsinniges Hühnchen, verführt und abgeirrt vom Pfad der Tugend.. Ich war anders, schwerblütiger. Es kann halt keiner aus seiner Haut!"
„Na, ich jedenfalls hab meine Jugend genossen, und schön war's. Und dann kamen andere Beziehungen, Ehe, Kinder, Scheidung – inzwischen hab ich gelernt, allein zurechtzukommen. Es lebe die Abwechslung!"
„Hast du ein gutes Leben gehabt?"
„Aber ja doch, du warst darin nur eine kurze Zwischenstation! Ja, ich hab's genossen, warum Liebe so schrecklich tragisch nehmen! Ich kann mit meinem Leben zufrieden sein. Und du?"
„Ich auch – auf meine andere Art."
„Wir waren zu verschieden. Du warst mit dir selbst nicht im Klaren. Und nun sind die alten Sachen erledigt. Lass es gut sein."
Der Zug nähert sich Frankfurt. Sie greift nach ihrem Gepäck. „Ich muss hier aussteigen. Alles Gute für dein weiteres Leben."
„Alles Gute. War schön, dich wiederzusehen."
Er reicht ihr seine Visitenkarte, doch sie lässt die fallen.

# Passion

*Neufassung des Goethegedichtes: Willkommen und Abschied.*

Es schlug sein Herz: Geschwind ans Steuer!
Es war getan fast eh gedacht;
zu einem Liebesabenteuer
hat er sich auf den Weg gemacht.

Verlangen glüht ihm in den Adern.
Da gibt's nicht Aufschub, gar Verzicht.
Und kostet's noch so großen Schaden -
Verliebte fürchten kein Gericht.

Mit hundert über stille Straßen -
vergeblich warnt die Ampel: Rot!
Zu seiner Freundin will er rasen,
und brächt's ihm auch'nen frühen Tod.

Er liegt bei ihr'ne kurze Stunde -
die Körper finden sich. Im Kuss
ruht Leib an Leib und Mund an Munde.
nichts zählt als dieser Hochgenuss.

Doch ach! Schon in der Morgensonne
verengt der Abschied ihm das Herz.
Vergangen ist die kurze Wonne,
ihn zieht der Alltag erdenwärts.

Er geht. Nach einem kurzen Schauer
ist schnell die ganze Lust dahin.
Heut hat die Liebe wenig Dauer -
flüchtig nur ist der Lustgewinn.

# Speck

Manche Männer woll'n statt Liebe
nur die Abfuhr ihrer Triebe.
Hören sie ein Weib tief stöhnen
kann der Klang von diesen Tönen
sie mit Einsamkeit versöhnen
der sie zu entfliehn sich sehnen.
Wer die richt'ge Nummer wählt
kriegt Gestöhne zugemailed.
Und nach längerem Verweilen
glaubt er seine Lust zu teilen
mit dem Sexualobjekt
das hinter der Leitung steckt.

Wer ist dieses arme Wesen?
Lassen lange dürre Besen
solche Lustlaute erschallen?
Nein, da müssen voll aus allen
Falten weißen Weiberfetts
zum Geknacke eines Betts
spitze Schreie wilder Lust
zittern machen eine Brust.
Rechter voller Wollust-Laut
tönt vom Speck unter der Haut.
Möglichst lang bebe der Speck -
dann schaltet der Mann nicht weg.
Denn sein Geld ist ja der Zweck
von dem ganzen wüsten Treiben –
mög'ihm lang die Lust verbleiben.

Die da stöhnte, diese Frau
ist im Grund'ne arme Sau.
Nach der langen Schweinemast
wird sie jetzt sich selbst zur Last.
Hunderte von Kilos schwer
schafft sie kaum Bewegung mehr.
In den Rettungskrankenwagen
müssen sie vier Männer tragen.
Gibt's Rettung noch im Hospital?
Endet dort die schlimme Qual?
Kann man sie, trotz ihres Schreiens,
von den Fettmassen befreien?
Hat der wüste Weiberspeck
irgend einen Daseinszweck?

Richtig wär es, ihre Kunden
nackt und auf ein Brett gebunden
und lange genug geschunden,
nach der ganzen Fleischbeschau
einzupökeln wie'ne Sau.

# Duell

Zwei Frauen streiten um'nen Mann,
wer ihn für sich gewinnen kann.
Die eine sagt: „Seit Studientagen
half ich ihm seine Bücher tragen!
Wie oft sind wir nicht schon verreist –
nun kommen Sie und wollen dreist
den Mann von meiner Seite reißen
und mich um Liebeslohn bescheißen?
Schämen Sie sich! Er gehört mir!"
Die andre drauf: „Er ist kein Tier
das man wie Eigentum besitzt
und je nach Laune auch benützt
um in Gesellschaft aufzusteigen!
Nein, seine Liebe soll sich zeigen!
Gewiss liebt er jetzt nur noch mich!"
Die erste gerät außer sich,
zieht einen Schuh, will um sich schlagen,
da packt die andre sie am Kragen
und schleudert sie in eine Ecke
auf dass sie sich mit Blut beflecke,
und sie, noch zitternd in den Knien
sich aufzurichten muss bemühn.
Wie können Augen Blitze sprühn
bis eine muss von dannen ziehn.
Der Mann steht staunend, nicht erbaut -
hätt' Fraun er so was zugetraut?

# Die Baumfee

Im Nachbargarten wuchs ein Reineclauden-Baum. Herrlich blühte er im Frühjahr, und im Spätsommer trug er so reichlich große, goldgelbe Früchte, dass die Nachbarn uns einen Eimer voll davon schenkten. Wie saftig und süß waren die! Und im Jahr darauf wieder. Hinweg über die Hecke, die die Grundstücksgrenze bildet, freute ich mich an der Pracht.

Aber die Nachbarin störte sich daran, dass Bäume Laub abwerfen. Eines Tages im Spätherbst ließ sie jemand kommen, der den Baum fällte. Mir blutete das Herz, als ich es mit ansehen musste.

Ich fragte den Nachbarn und den Holzfäller, ob ich den Stamm und einen starken Seitenast haben dürfte, für meine Schnitzarbeiten. Etwas widerwillig wurde es mir erlaubt. Mühsam und schwitzend schleifte ich ein mannslanges Stück Baumstamm durch die Gärten auf meine Terrasse.

Ich liebte den Baum noch immer. An den Schnittstellen sah ich die roten und gelben Farben des Holzes. Richtig bearbeitet, musste sich da ein wunderbares Spiel der Maserung ergeben. Aber durch was für Formen ließ sich das erreichen? Wochenlang hielt ich stumme Zwiesprache mit dem Stamm – wie konnten die Ansätze zu heraustretenden Ästen organische Teile einer Figur werden?

In Gedanken sah ich sie vor mir, die Fee dieses Baumes. Vorsichtig schnitt ich mit Kettensäge und Elektro-Fuchsschwanz Teile des Holzes fort, arbeitete weiter mit verschiedenen Stecheisen. Nach und nach schälte sich der Kopf heraus, der Hals, ein Gesicht mit zurückhaltendem Lächeln entstand. Die Brüste rundeten sich, zeichneten sich ab im Spiel der Farben. Arme fehlten der Gestalt – aber in der Region des Unterleibs standen Stümpfe von Seitenästen heraus. Ließen sich die organisch gestalten? An ihrem Ansatz waren morsche Stellen – wenn die herausgeschnitten wurden, bildeten sich Höhlungen. Dem lebendig gewordenen Leib mussten schlanke Beine entsprechen – langwierig war es, diesem dicksten Stück des Stammes die richtige Form zu geben. Stunden um Stunden arbeitete ich an dem harten Material, meine Arme schmerzten. In fast jedem Holz bilden sich beim Trocknen Risse – Späne aus Abfallstücken fugen die so aus, dass man später kaum mehr etwas davon sieht – aber

wie mühsam und zeitraubend ist es, diese Späne richtig zuzuschneiden und einzupassen!

Noch war die Form roh – die Schleifmaschine glättete viele Kanten, der Schleifstaub legte sich als dicke Schicht auf die Umgebung. Aber in viele enge Winkel kann die Maschine nicht eindringen, es war nötig, von Hand dort nachzuschleifen, vom langen Reiben mit dem rauhen Papier taten die Finger weh.

Noch lackieren – und endlich steht sie fertig da, die zwiegeschlechtliche Baumfee. Unregelmäßig und eigenwillig ihre Form, leuchtend rot, gelb und hellbraun ihre Farben. Ihre glatten Rundungen verlocken dazu, sie mit den Händen zu streicheln. Auch jetzt noch, einige Jahre später, scheint sie mir Leben zu atmen.

## Aus einem Stamm

Sie kennen einander manches Jahr
das brave alte Ehepaar.
Sie haben vieles durchgemacht
gemeinsam manche Nacht durchwacht.
Sie schenken wechselnd sich Vertrauen
und können darauf Zukunft bauen.
Ein Stamm ließ sie zu zweit entstehn –
mög' ihre Einheit nie vergehn.

# 3. Überraschungen

# Mahlzeit

Eine Krähe flog eine Vorstadtstraße entlang. Tiefer Schnee bedeckte die Gärten vor den Häusern; zwischen den freien Gehwegen und der Fahrbahn türmten sich weiße Wälle. Am Rand der Autospuren entdeckte die Krähe eine winzige Blutspur; ein kleines Tier, vielleicht eine Maus, war angefahren worden, hatte sich aber zwischen die Schneeberge geschleppt, war dort in ein Loch gekrochen. Die Krähe wusste: dies Tier war für sie nicht erreichbar. Missmutig und hungrig flog sie weiter.

Da: Ein dunkler Haufen Federn neben der Fahrbahn, eine überfahrene Amsel oder eine Taube. Bald würden weitere Autos den Kadaver plattwalzen zu einer formlosen Masse. Schnell packte die Krähe zu. Sie musste sich vorsehen, dass sie nicht selbst vom Verkehr erwischt wurde. Sie schleppte den Haufen Federn und Knochen auf den sicheren Gehweg, drückte ihn mit einem Fuß auf den Boden, zerrte mit dem Schnabel daran herum, klaubte Fleischstücke heraus. Keine üppige Mahlzeit, aber immerhin etwas gegen den Hunger! Auf dem festgetretenen, zu Eis verbackenen Schnee blieben nur wenige Reste zurück.

Zwei kleine Mädchen hatten der Krähe zugeschaut. „Ob die davon satt geworden ist?" fragte eine die andere. „Jedenfalls hat es ihr geschmeckt, und es war besser als gar nichts!" Da kam eine alte Dame des Wegs. Die Kinder erzählten ihr von der Mahlzeit der Krähe. Die alte Dame fragte: „Wie heißt ihr denn?" „Ich bin Paula", sagte die ältere. „Und deine Schwester?" – „Das ist Florentinchen". – „Soso. Ja, die esse ich auch gern!" Verdutzt schauten die Kinder. Sie fragten: „Bist du auch eine Krähe?" – „Wer weiß", lachte die alte Dame. Schreiend liefen die Kinder davon.

# Ein neues Labor

Studium in Deutschland in den fünfziger Jahren – oft hieß das, in alten überfüllten Hörsälen oder beengten Seminaren zu sitzen oder, für Naturwissenschaftler, in altmodisch ausgestatteten Labors zu experimentieren. So auch für die Studenten der Chemie in Karlsruhe: Der Labor-Saal für das chemische Praktikum wurde im Sommer unerträglich heiß. Ein junger Assistent wusste Abhilfe: Aus dem Feuerlöscher versprühte er Kohlendioxyd auf den gekachelten Fußboden, die rasche Verdunstung sorgte für Kühlung.

Aber ein neues Institut mit moderner Ausstattung war im Bau und wurde schließlich fertig. An einem Sommertag um 11 Uhr vormittags sollte im großzügigen Laborsaal die Einweihungsfeier stattfinden, viel Prominenz hatte sich angesagt. Schön war der Raum – aber durch die große Fensterfront hatte die Sonne ihn auf eine hohe Temperatur aufgeheizt. Nach bewährter Art wollte der Assistent wieder mit dem Feuerlöscher für Kühlung sorgen. Aber oh Schreck! Statt des rasch verdunstenden Kohlendioxyds versprühte das neue Gerät ein weißes Pulver, das sich im Handumdrehen als dicke Schicht erstickend auf die ganze Einrichtung legte. Lange würde es dauern, dies Löschpulver einzusaugen, den Raum wieder präsentabel zu machen. Unmöglich, hier zu feiern. Wie schwierig, so schnell einen anderen Raum für die Veranstaltung zu finden! Eine Notlösung musste her, die schönen Festreden mussten in einfacherem Rahmen gehalten werden.

Was geschah mit dem Assistenten, der das Malheur verursacht hatte? Gar mancher Professor, damals ein kleiner König in seinem Institut, hätte ihn so mit Heißluft angeblasen, dass er verdunstet wäre. Aber sein Chef verzieh ihm. Gras wuchs über die Angelegenheit, später lachte man darüber. Und er wurde ein tüchtiger Chemiker.

# Beim Hundebaum

Jeden Morgen führte die alte Dame ihren Hund aus. Man konnte die Uhr nach ihr stellen: pünktlich um halb neun ging sie am Haus der Familie vorbei, rüstig, mit kleinen, trippelnden Schritten. Ihr weißes Hündchen wusste genau, an welchem Baum es ein Beinchen hob. Dann blieb sie kurz stehen, sah hinauf ins Geäst, schneuzte in ihr Taschentuch, zog die Hundeleine an und ging weiter. Von Ferne sahen die Leute, wie sie murmelnd ihren Mund bewegte – die Worte konnten sie nicht verstehen.

Der elfjährige Junge amüsierte sich über die alte Frau. Ihm schien es komisch, wie sie alle Tage wieder genau die gleichen Bewegungen machte, an der gleichen Stelle stehen blieb. Wie würde sie reagieren, wenn etwas Außergewöhnliches passierte? Im Keller fand er ein altes Sandeleimerchen aus grünem Plastik. Das füllte er eines Abends mit Wasser, hing es an einen Ast des Hundebaums, konstruierte einen Mechanismus mit einer Schnur, die versteckt zu seinem Fenster lief.

Pünktlich am nächsten Morgen machte die Dame mit dem Hündchen wieder ihren Spaziergang, blieb stehen unter dem Baum, der Junge in seinem Versteck zog an der Schnur - ein Schwall kalten Wassers stürzte nieder.

Erschrocken schrie sie auf, betastete ungläubig ihre nasse Kleidung, schaute verwirrt in den Baum – dann kehrte sie jäh um, ging zurück in die Richtung, aus der sie gekommen war. Man sah sie nicht mehr auf ihrem gewohnten Gang. War ihr der liebe Weg so verleidet, dass sie ihren Hund anderswo ausführte? Oder hatte der Schreck sie so verstört, dass sie erkrankt war? Hatte sie womöglich einen tiefen Schock erlitten?

Der Junge kaufte von seinem Taschengeld eine große Schachtel Pralinen. Er wollte sich bei der Dame entschuldigen, ihr das Versöhnungsgeschenk geben. Mehrere Tage lang wartete er um die gewohnte Zeit unter dem Hundebaum. Aber die alte Dame kam nicht wieder.

# Die Pistole

Mit 86 Jahren zog die alte Dame aus Hamburg in ein Pflegeheim. Ihr Mann war schon vor einigen Jahren gestorben. Das Haus, in dem sie gelebt hatte, sollte verkauft werden. Nur wenige Möbel, an denen sie besonders hing, konnte sie mitnehmen. Ihr um viele Jahre jüngerer Bruder räumte das Haus leer. Da flammte im Gedächtnis der alten Dame eine Erinnerung auf: Im Keller lag noch die Pistole ihres Mannes. Der hatte als Künstler viele Bilder gemalt und verkauft. Auch sie stammte aus einer begüterten Familie, in ihrem Haus hatten sie viele wertvolle Dinge. Da hatte ihr Mann die Pistole gekauft.

Der Bruder erschrak, als er davon hörte. Wie leicht konnte die Pistole jetzt von Umzugshelfern gefunden werden, womöglich in unrechte Hände fallen! Er suchte im Keller und fand das Ding, verpackt in einer Plastiktüte, zusammen mit dreihundert Schuss Munition. Damit kein Unglück geschähe, tat er die gefährliche Tüte sofort in sein Auto, nahm sie abends mit zu sich nach Hause.

Am nächsten Morgen rief er die Polizei an: Durfte er die Pistole dort abgeben? Nein, keinesfalls! erklärte man ihm. Gleich würden zwei Beamte zu ihm kommen und das Ding abholen.

So geschah es. Die Beamten waren höflich, aber bestimmt. Sie untersuchten die Pistole genau – welches Fabrikat, welche Herstellnummer? War damit geschossen worden? Wie oft? Wieviel Schuss Munition waren genau in der Tüte? Sie nahmen alles an sich. Und dann erklärten sie dem verdutzten Mann, sie müssten ihn bei der Staatsanwaltschaft anzeigen, wegen unerlaubten Waffenbesitzes. Und weil er die Pistole in seinem Auto aus Hamburg in seinen Vorort transportiert hatte. Er fragte, was geschehen wäre, wenn er die Pistole selbst zur Polizei gebracht hätte. Dann hätte er sich zwei mal strafbar gemacht, war die Antwort. Und die alte Dame, seine Schwester, war die nicht auch schuldig? Nein, die hätte man wegen ihres hohen Alters nicht angeklagt.

Moral: Gute Absicht reicht nicht aus. Das Handeln muss dem Gesetz entsprechen.

## Bußgeldbescheid

Wer hat als Mensch nicht schon einmal
Gesetze übertreten?
Wenn er dann stand am Marterpfahl
Verständnis sich erbeten?

Ist nirgends ein Verkehr zu sehn
wenn eine Ampel rot ist
so darfst du doch nicht weitergehn -
auch wenn dich eine Not presst.

Wer eigner Einsicht folgte kalt
wird ohne Gnad gerichtet –
der deutsche Paragraphenwald
wird nicht so bald gelichtet.

Man fragt nach Sinn nicht hierzuland –
kann man den je erahnen?
Es schalten aus ihren Verstand
die dumpfen Untertanen.

Die kommunale Polizei
hat Krallen an den Pfoten;
mit freiem Fahren ist's vorbei
gar vieles ist verboten.

In manchem andern schönen Land
helfen die Polizisten;
hier ist ihnen das unbekannt,
sie haben bös Gelüsten.

Sie lauern tückisch im Versteck
und wollen uns berauben.
Ist das ihr einz'ger Daseinszweck?
Fast möchte man es glauben.

Wir wollen brave Bürger sein
doch hab'n wir unsre Schwächen.
Muss dafür so ein armes Schwein
gleich große Summen blechen?

Oh Polizei, denk doch mal nach,
verhänge nicht gleich Strafen!
Wir sind nicht böse, sondern schwach
und ihr macht uns zu Schafen.

So mögen denn in diesem Land
die Spießer triumphieren –
und wer noch hat seinen Verstand,
der muss ihn tief einfrieren –
sonst wird er ihn verlieren!

# Der Badeanzug

Wie herrlich ist es, sich bei sommerlicher Hitze im Freibad abzukühlen! Gerlinde tat es mit Genuss, doch ihr Badeanzug war in der Wäsche; sie fragte ihre Tochter: „Kannst du mir nicht deinen leihen, den schönen schwarzen, mit dem roten Flammenmuster auf der Vorderseite?" Zögernd hatte ihre Tochter ihr das gute Stück gegeben. Nach dem Schwimmen schritt Gerlinde stolz am Beckenrand entlang, präsentierte sich in diesem auffallenden jugendlichen Outfit.

Eine warme Dusche – und dann traf sie im Umkleideraum eine Bekannte. Ins Gespräch vertieft steckte sie ihre Sachen in ihre Tasche; den Badeanzug hatte sie zum Abtropfen an einen Haken gehängt, sie vergaß, ihn einzupacken und mitzunehmen, ging zum Fahrrad. Erst zu Hause bemerkte sie den Verlust. Sofort fuhr sie zurück ins Bad – es war schon geschlossen. Am nächsten Tag war sie gleich wieder da und fragte – aber kein vergessener Badeanzug war abgegeben worden. Auch bei weiteren Nachfragen an den folgenden Tagen blieb der Badeanzug verschollen. Wie schmerzlich! Gerlinde ärgerte sich über sich selbst – und wie peinlich war es ihr gegenüber ihrer Tochter! Kaum traute sie sich, der unter die Augen zu treten!

In vielen Boutiquen suchte Gerlinde nach einem solchen Badeanzug – aber dieses Modell konnte sie nirgends ergattern. Es war doch ein Jammer, so ein einmaliges Stück verloren zu haben! Sie fühlte sich schuldig – nur ein schwacher Trost war es, wenn sie ihrer Tochter einen anderen Badeanzug kaufte.

Zwei Wochen später waren Mutter und Tochter zusammen wieder im Umkleideraum des Bads. Plötzlich betrat eine andere Frau den Raum – und was hatte die an? Den schwarzen Badeanzug mit dem roten Flammenmuster! Einen Augenblick lang verschlug es Mutter und Tochter die Sprache. Beide schauten einander an, zuckten hilflos mit den Schultern. Wie beweisen, dass es sich um ihr verlorenes Eigentum handelte? Bei einem so besonderen und auffälligen Stück hatte niemand an eine Kennzeichnung gedacht. Gerlinde fragte: „Sie haben ja genau den gleichen Badeanzug wie ich? Den vermisse ich seit zwei Wochen!" Ohne zu zögern antwortete die andere: „So? Nun, dann haben wir ja den gleichen Geschmack."

# Des Kaisers neue Kleider

Welch öffentliche Körperschaft
beweist nicht gerne Geisteskraft!
Aus ihrem Kreise soll sich zeigen
wem hier ein Kunsttalent zu eigen.
Viel Künstler schicken ihre Werke –
sie glauben fest an deren Stärke.
Ne Jury daraus kritisch wählt
was hier als großes Kunstwerk zählt.
Werk Nummer eins: ein Video
zeigt Brust und Hals, die einfach so
sich atmend auf und ab bewegen.
Daneben tut der Mann sich regen
indem er auf und ab stets schreitet
ohn' dass es ihm Verdruss bereitet.
Das Metronom dabei zeigt an
dass er den Takt auch halten kann.
Werk Nummer zwei: Von Schweinen Blasen
bald voll, bald halb gefüllt mit Gasen
sind aufgehängt in einer Reihe –
man sagt, das gibt dem Raume Weihe.
Ein drittes Werk zeigt ein paar Leute
denen man sagt, wie eine Meute
von wenig klugen Polizisten
fern eine Demo mal auflösten.
Ist das nun Kunst? Die Jury meint es.
Nem unbefangenen Besucher scheint es
als ob die Richter Schelme wären
die uns hier einen Scherz bescheren.

Im Märchen von des Kaisers Kleidern
kann man sich drob getrost erheitern.
Es ruft ein Kind, naiv gepackt:
„Kunst soll das sein? Das Ding ist nackt!"

# Das Wappen

Herr und Frau Konstantin liebten es, in Frankreich zu reisen. Nicht nur die touristischen Glanzpunkte hatten es ihnen angetan – sie reisten auch in abgelegene Gegenden ohne besondere Attraktionen, ließen ihren Reiseweg vom Zufall diktieren. Sie freuten sich an schönen Landschaften, schauten alte Dorfkirchen an und besichtigten Schlösser und Gärten – berühmte große und auch namenlose kleine. Wie abseits liegt das ländliche Angoulême! Frau Konstantin fragte ihren Mann: „Was zieht dich ausgerechnet in diese Gegend?" Er konnte es nicht beantworten; es war wie ein unerklärlicher innerer Zwang.

Eines Tages kamen sie zu einem Schlösschen; verwildert der Park, am steinernen Tor ein verwittertes Wappen: ein springender Hirsch in einem Feld mit drei Rosen. „Seltsam", sagte Herr Konstantin, „genau dieses Wappen sah ich als Kind in den Papieren meines Großvaters!" Sie schlenderten hinein auf überwachsenen Wegen. Unter Bäumen eine Figurengruppe; an deren Fuß von Moos halb bedeckt eine Schrifttafel: „Ici gît en paix Louise Emilie Constantin, 1645 – 1687." Ihr eigener, wenn auch nicht gerade seltener Name! Es bewegte sie, als ständen sie vor ihrem eigenen Grab.

Da trat ein alter Mann auf sie zu und fragte nach ihrem Woher. Sie gaben ihm Auskunft und fragten, ob sie ins Haus schauen dürften. Er hatte die Schlüssel, und er begleitete die Fremden. Gern erzählte er: Schon seit langem war das Schloss nicht mehr bewohnt. Die Besitzer waren Hugenotten gewesen, im 17. Jahrhundert waren sie fortgezogen. Wohin? Der alte Mann wusste es nicht genau, aber er glaubte sich zu erinnern, dass man in seiner Jugend erzählt hatte, nach Deutschland. Dann hatten Mönche dort Kranke gepflegt. Der Name der einstigen Besitzer? Constantin.

Verblüfft schaute der Deutsche. War es möglich, dass ein Zufall ihn zum Schloss seiner Vorfahren geführt hatte? Der alte Castellan zeigte die verstaubten Räume mit den schweren Eichenmöbeln, und wieder prangte deutlich über dem Kamin das Wappen mit dem springenden Hirsch im Feld mit den drei Rosen. In der Mairie des Dorfes erfuhren sie weitere Einzelheiten; und je mehr Herr Konstantin versuchte, Kindheitsgespräche mit seinem Großvater zu erinnern, desto mehr passten die Teile zusammen: ja, er war tatsächlich auf den Sitz seiner Ahnen gestoßen! Im französischen Dorf beglückwünschte man ihn: die Hugenotten sind zurückgekehrt!

Von einer seltsamen Entdeckung erzählte mir Frau Hedwig Bartenstein. Ihr Name deutete auf ein Städtchen in Masuren; doch sie sagte, nein, diesen Namen ihres Mannes habe sie erst mit ihrer Heirat angenommen, und die Familie ihres Mannes stammte aus Wien. Aber auf einer Reise in Masuren habe sie bei Allenstein den Kreuzgang einer alten Kirche besichtigt. Viele Grabplatten aus früheren Jahrhunderten standen dort; auf einer las sie, von barockem Schmuck umrankt: Jadwiga von Bartenstein, 1624 – 1695. Wie tief berührte es sie, auf einer alten Grabplatte den eigenen Namen zu entdecken!

# 4. Reisen

# *Aufbruch*

Wer heute zwanzig Jahre alt ist, hat von der Welt oft schon viel gesehen; kann er sich vorstellen, wie Zwanzigjährige vor sechzig Jahren lebten? Damals nach dem Krieg war an Reisen kaum zu denken.

Wie unbefriedigend war es für mich, dass ich außer einigen Landstrichen Norddeutschlands noch so gut wie nichts gesehen hatte! Ein paar Semester hatte ich mit wenig Geld in Bonn studiert und eines in Freiburg; dann packte ich mein primitives kleines Zelt auf mein Fahrrad und machte mich auf den Weg. In der Provence lockte die andere Sprache und die andere Welt des Südens.

Mein Fahrrad war altersschwach, keine Rede von Gangschaltung. Ich war froh, wenn ich ohne Pannen hundert bis hundertfünfzig Kilometer am Tag zurücklegen konnte. An den Abenden suchte ich abgelegene Stellen, Pappeln und Ufergebüsch an Saône und Rhône, Wiesen, wo ein Bach aus den Bergen kam; nicht einmal für einen Zeltplatz hatte ich das Geld.

Unzulänglich meine Vorbereitung: ich wusste kaum, welche Kunstschätze es am Weg zu sehen gab. Ziellos durch Lyon; mehr durch Zufall und Glück geriet ich an schöne alte Häuser und Plätze, ahnte ein wenig von der Atmosphäre der Stadt. Wie anders als in Deutschland, wo die Städte noch in Trümmern lagen! Weiter über Nebenstraßen, von damals noch nicht allzu viel Autoverkehr belästigt. Eindrücke von Landschaften, Städtchen und Dörfern, der trockenen Hitze über der kargen Buschwelt auf den Kalkplateaus, Geruch nach Buchsbaum, Thymian, Oleander, Dorneichen und Stechginster. Schwach war damals mein Französisch, doch es langte, um irgendwo ein bisschen Brot, Käse und Wein zu kaufen. Kein Gedanke daran, mir die Feinheiten der Küche leisten zu können! Ich zeltete einsam, atmete die Stille des Abends und des Morgens am Ufer des südlichen Flüsschens.

Nîmes – durch die Straßen schlendernd, stand ich unversehens vor dem römischen Tempel Maison Carrée und der antiken Arena. Aus dem offenen Fenster eines oberen Stockwerks füllte eine Flötenmelodie die Dämmerung in der menschenleeren Gasse. Pan war in die alte Stadt gezogen. Eigentlich nichts

Besonderes – aber für mich verdichtete sich in den Häusern, dem antiken Gemäuer und dieser Flötenmelodie die Atmosphäre von zweitausend Jahren.

Wie freundlich waren die Menschen zu mir, der ich nicht einmal ihre Sprache richtig sprach! Ein Weinbauer füllte meine Feldflasche mit Rotwein, ein anderer lud mich ein, die Nacht in seinem Haus zu verbringen; und mit welcher Erleichterung sagte er: „Wie gut, dass wir normal mit einander sprechen können – noch vor zehn Jahren hätten wir einander umgebracht!" Wieder andere wiesen mir den Weg zu romanischen Kirchen, verfallenen Burgen und außergewöhnlichen Landschaftsformen. Damals dachten viele Deutsche bei Frankreich nur an Reparationsforderungen nach dem Krieg; wie viele Vorurteile gegen die Franzosen gab es noch, und wie unbegründet waren sie!

Ich fuhr weiter, ließ mich südlich von Montpellier zwischen Strandseen und Meer von Myriaden Moskitos zerstechen, bestaunte die mittelalterliche Festungsstadt Carcassonne, den Pont du Gard, das antike Arles – was gab es für großartige Welten, von denen ich in Norddeutschland kaum gehört hatte! In einer Jugendherberge lieh ich von der Herbergsmutter die Übernachtungsgebühr; sie sagte. „Je veux faire une expérience!" und sie warf mir vor, nicht viel mehr als ein Vagabund zu sein. (Gleich nach meiner Heimkehr überwies ich ihr das Geld). Auf dem Rückweg brach der Rahmen meines alten Fahrrads, ich ließ es ich weiß nicht mehr wo und fuhr per Anhalter heim. Von der Fülle der provençalischen Kunstschätze hatte ich nur wenig gesehen. Bei vielen späteren Reisen habe ich das Versäumte nachgeholt. Aber waren nicht das unvorbereitete und unmittelbare Erleben wichtiger als Kenntnisse?

So primitiv und unzulänglich jene Vagabunden-Reise im Jahr 1954 auch war – mir öffnete sie eine bis dahin fremde Welt; sie machte mich staunen und überwältigte mich.

# Wales 1961

1961 hatte ich meine Staatsexamina in Englisch und Französisch bestanden. Das Oberschulamt schickte den jungen Referendar als German Assistant an eine Grammar School in Nord-Wales – Erfahrungen dort sollten ihn vorbereiten auf seine künftige Lehrtätigkeit in Deutschland.

Während meines Studiums in den fünfziger Jahren war ich stets knapp bei Kasse gewesen – ich kannte nur ein paaar Universitätsinstitute, wußte wenig über deutsche Städte und Landschaften, hatte wenig Ahnung von deutscher Geschichte, die ich durch die Brille eines Heimatvertriebenen sah. Was für ein Schock, aus englischer Sicht mit den Untaten Deutschlands konfrontiert zu werden! Waren die Verwüstungen und Verluste, die Deutschland im 2. Weltkrieg erlitten hatte, wirklich wohlverdiente Strafen? Und war die britische Lebensweise der deutschen wirklich überlegen?

Die Kollegen an der Grammar School trugen ihre „Gowns" (eine Art Talare) – je älter und zerrissener, desto ehrwürdiger waren die. Im Lehrerzimmer teilweise zerbrochene Möbel, auf den Tischen und Fenstersimsen noch Stunden nach der Teepause Reste verschütteter Milch, in der Schulkantine fast alle Tage wieder das nach Minze schmeckende Hammelfleisch. Ich las Bertrand Russel, Aldous Huxley und D.H. Lawrence – die Kollegen schüttelten die Köpfe: „Very good authors, but rather unorthodox views!" Im Städtchen herrschte puritanische Strenge: Umgitterte Kinderspielplätze blieben an Sonntagen geschlossen.

In meiner winzigen Schlafkammer unter der Dachschräge eines Arbeiterhäuschens nichts außer Bett, Tisch und Schrank; in einem anderen Raum des Hauses schliefen sechs junge Studenten in Hochbetten. Sie sagten, das gelte als gute Unterkunft. Beim fünf-Uhr-Tee im Wohnzimmer ergaben sich immer wieder Gespräche und Diskussionen: „The quality of British Railways"- „Should all dogs be abolished?" – „What do you understand by success in life?" Was spricht für oder gegen die in England üblichen Schuluniformen?

Und immer wieder klang das selbstverständliche Bewußtsein von der Bedeutung der britischen Geschichte durch – was war geschehen zur Zeit des englischen Bürgerkriegs, oder im 18. Jahrhundert, oder welche Errungenschaften hatte das Empire in die Welt gebracht? Gab es noch immer die traditionellen Klassenunterschiede, und welche Bedeutung hatten die? Lag Britanniens Zukunft beim Commonwealth oder bei Europa?

Für mich, der ich aus Geldnot mein Studium schnell und zielstrebig hatte durchziehen müssen, waren solche Diskussionen ein Blick in eine andere Welt. Sie hätten mir selbstverständlich sein sollen – meine Lebensumstände waren zu beschränkt gewesen. Was konnte ich britischen Blicken auf die Welt entgegensetzen? Welche deutschen Autoren konnten bestehen vor britischer Nüchternheit? Im Deutschunterricht las man Hauptmanns „Bahnwärter Thiel".

Mit einem geliehenen Fahrrad erkundete ich die herrlichen Landschaften des Snowdonia-Gebiets, die walisischen Küsten, Städte im Westen Englands. Als German Assistant sollte ich den Schülern dort etwas über Deutschland erzählen – viel zu wenig wußte ich über mein Heimatland, ich verwendete Reiseprospekte über deutsche Regionen als Lehrmaterial. In den scheinbar primitiven Verhältnissen von Nordwales öffneten sich mir neue Perspektiven auf Deutschland und seine Geschichte. Ich erkannte, wie viel ich darüber nachlernen mußte. Wenn ich künftig in Deutschland lehrte, wollte ich vor allem mein eigenes Wissen vermehren.

# *Abgefahren*

Sabine war nach Polen gefahren. Eine Freundin von der Uni hatte sie eingeladen, zwei Wochen Sommerferien. Ihre zwei Söhne Lucas und Martin, elf und acht Jahre alt, durfte sie mitbringen. Sabine hatte daheim genügend Polnisch gelernt, um sich notdürftig verständigen zu können. Die Zeit in Krakau und Umgebung hatte sie tief beeindruckt – überwältigend die Gastfreundschaft der einfachen Leute, und wieviel interessante Dinge gab es zu sehen!

Es war umständlich und teuer, Plätze im Zug Warschau – Berlin zu reservieren. Früh am Morgen waren sie in Krakau abgefahren. Auf dem Bahnhof in Warschau hatten sie eine halbe Stunde zum Umsteigen. Sabine ging mit ihren Jungen auf den vorgesehenen Bahnsteig. Ein paar Minuten würde es noch dauern, bis der Zug nach Berlin einlief. Der elfjährige Lucas sagte: „Hier, Mama, ich hab noch ein paar Zloty; in der Halle war ein Eisverkäufer, und es ist so heiß; ich hole mir schnell noch ein Eis!" – „Ich gehe mit" rief der achtjährige Martin. „Na meinetwegen," antwortete Sabine, „aber beeilt euch!"

Die Jungen rannten davon, eine Treppe runter zur Unterführung, eine Treppe rauf – nein, hier war der Eisstand nicht, wieder runter in die Unterführung, in die Halle. Ja, sie bekamen ihr Eis. Aber wo sollte doch der Zug nach Berlin abfahren? Alle Schilder auf polnisch. Eine Lautsprecher-Durchsage – sie verstanden kein Wort. Die Jungen suchten ihre Mutter, sahen sie nicht. Aber dies war das richtige Gleis, und da stand ein Zug; sie glaubten, ihre Mutter sei schon eingestiegen, also stiegen auch sie ein. Kaum waren sie drin, fuhr der ab.

Sie gingen von Wagen zu Wagen – ihre Mutter fanden sie nicht. Die stand auf dem Bahnsteig und wurde nervös – wo blieben die Jungs? Sie fragte einen Eisenbahner, was da eben für ein Zug von ihrem Gleis abgefahren war – ja, der war eingeschoben worden, das hatte der Lautsprecher ja gesagt, der fuhr in eine andere Richtung.

Völlig aufgelöst suchte Sabine nach der Bahnpolizei. Mühsam konnte sie in ihrem gebrochenen Polnisch erklären, dass ihre Söhne fort waren, und was denen wahrscheinlich passiert war. Die Polizisten telefonierten. Das dauerte; schließlich die Auskunft: Ja, beim ersten Halt des Zugs in Richtung Danzig würde man die Jungen herausholen, sie würden nach Warschau zurückgeschickt, aber bis sie ankämen, würde es noch eine Weile dauern.

Was blieb Sabine anderes übrig als zu warten? Ihr Zug nach Berlin kam und fuhr ab, sie musste ihn sausen lassen. Nach Stunden endlich übergab ihr die Polizei ihre Söhne. Von dem begleitenden Wortschwall verstand sie nur wenig, aber sie ahnte, dass es wohl strenge Ermahnungen waren. Und nochmals musste sie lange warten, bis wieder ein Zug nach Berlin fuhr. In dem schnauzte der Schaffner sie an: Ihre Fahrkarten waren für den früheren Zug. Jetzt waren sie verfallen, sie sollte nachlösen. Entschuldigungen wurden nicht anerkannt. Sie hätte gefälligst besser auf ihre Söhne aufpassen sollen! Sie wollte sich beschweren – lachhaft, meinte der Komtrolleur, was ihre Jungens ihr angerichtet hätten, dafür sei sie selber verantwortlich!

Als sie in Berlin ankamen, war es später Abend. Natürlich war ihr Anschlusszug nach Stuttgart längst fort; umständlich und zeitraubend war es, eine andere Verbindung zu finden. Ein Hotel wäre zu teuer geworden. So mussten sie sich die Nacht im Wartesaal und in einem Zug um die Ohren schlagen.

Völlig erschöpft kamen sie daheim an. Wer war Schuld an dem Malheur? Ärgerlich schimpfte Lucas: „Alles lag nur an der blöden polnischen Bahn!"

# Zu spät!

Vielleicht kann man es ja erklären, wenn jüngere Leute ein so anderes Verhältnis zur Zeit haben als wir Alten – aber angesichts dieses anderen Zeitverständnisses bleibt uns nichts anderes übrig als ärgerlich die Köpfe zu schütteln und zu resignieren.

Wir besuchten unseren Enkel in Washington D.C. Nachdem wir einige Tage lang Museen und andere Highlights der Stadt angeschaut hatten, planten wir für den letzten Tag unseres Aufenthalts einen Ausflug zu den großen Wasserfällen des Potomac River und zu dem Landschlösschen, von dem aus Präsident George Washington vor zweihundert Jahren seinen Musterbetrieb organisiert und verwaltet hatte. Die beiden Ziele liegen etwa zwei Autostunden von einander entfernt; wer beide an einem Tag besuchen möchte, sollte sich zeitig auf den Weg machen. Aber die junge Frau unseres Enkels hatte es nicht eilig: Es wurde halb elf, bis wir am Frühstückstisch saßen, danach wollte sie noch ihren Haushalt aufräumen – erst gegen zwölf Uhr konnten wir aufbrechen. Zunächst kamen wir flott voran auf den Highways um die Hauptstadt – aber an der Einfahrt zum Nationalpark staute sich der Verkehr; endlich, nach mehr als einer Stunde Wartezeit, konnten wir unseren Spaziergang beginnen, im Wald entlang an den Felsklippen, über die der Fluss in vielen schmalen und breiten Fällen in die Tiefe stürzt. Lange verweilten wir bei dem eindrucksvollen Naturschauspiel. Dann steuerten wir unser zweites Ziel an – aber obwohl uns das Navi durch das Gewirr vieler Autobahnen, Brücken und Abzweigungen lenkte, fuhren wir in die Irre, brauchten viel Zeit, bis wir endlich den kleinen Ort mit dem Schlösschen erreichten. Wie viele Ausflügler waren dort, und wie schwierig war es, einen Parkplatz zu finden! Wir hatten Hunger und genehmigten uns einen Imbiss. Als wir gegessen hatten, war es 17 Uhr, Dämmerung senkte sich auf den novemberlichen Park. Und da hieß es am Einlass: „Sorry, weitere Besichtigungen erst nach drei Stunden bei Fackelschein."

Nein, so lange wollten wir nicht warten, wir hatten ja noch einen weiten Weg zurück in die Stadt. Und ein Park im Dunkeln ist wohl nur ein halbes

Vergnügen. Schweren Herzens verzichteten wir auf den Besuch. Wir hatten umsonst einige Stunden auf den Autobahnen verbracht. Wären wir am Vormittag früher losgekommen, hätten wir unser Besichtigungsprogramm bequem verwirklichen können.

# Frühlingsreise

Wir fuhren nach Frankreich – es gibt ja immer wieder Neues zu entdecken. Diesmal wollten wir in den Norden, ins Vexin, das Gebiet zwischen Paris und Rouen. Eine Pause in Lothringen – wir kannten noch nicht das Musée de l'Ecole de Nancy mit seiner reichen Jugendstil-Sammlung. Mit der Straßenbahn quer durch die Stadt, zu Fuß durch den Parc Sainte Marie – alte Bäume, blühende Forsythien und Tulpen, viele bunte Blumen – in einer Vorstadt die Villa aus der Zeit um 1900, in einem großen Garten. Viele Räume mit Möbeln aus Nussbaumholz, geschwungene Linien überraschen, Tische, Sessel, Betten, kleine Ständer für Figuren, in Schränken und auf Konsolen eine Fülle an Vasen von Gallé, dunkles Glas in vielerlei Farben und Formen. Gern verweilen wir lange in dieser Atmosphäre kultivierten Reichtums.

Mit dem Bus in die Nähe der Place Stanislas – klassische Gebäude und schmiedeeiserne Gitter mit vergoldeten Applikationen an allen Seiten. An diesem sonnigen Apriltag quillt er über von Menschen, die sich dort bei einem Getränk erfrischen. Und wie eindrucksvoll sind die Brunnen mit ihren großen Steinfiguren!

Im Herzogspalast aus dem 16. Jahrhundert das Lothringer Museum – Steinfiguren, Gemälde, Faiencen. Kunsthistoriker bewundern das Portal des Palastes, reich verziert mit Elementen später Gotik und früher Renaissance. Weitläufig der Park de la Pépinière – überall auf den Rasenflächen zwischen den Bäumen lagern Gruppen von Menschen, Kinder toben an einer Fülle von Spielgeräten. Für uns ist es nicht weit zu unserem Hotel in der Nähe des Yachthafens – Binnenschiffer genießen das geruhsame Schippern auf den Kanälen zwischen Meurthe, Marne, Rhein und Saône.

Dünn besiedelt die Gegenden zwischen Lothringen und dem Großraum Paris. Grau wie der Regentag die Häuser am Straßenrand. Nachmittags parken wir bei der Altstadt von Senlis, lassen uns im Office de Tourisme eine Chambre d'Hôte empfehlen. Etwas abseits an der Porte de Meaux führt ein enger Torbogen durch unter einer hohen Bastion, die Dächer der benachbarten Häuser schauen nur wenig über diese hinaus. Ein zweiter, halb verfallener Torbogen dient einem Garten als Abstellplatz. In einem großen alten Mühlenhaus treten wir direkt von der Straße in ein geräumiges Zimmer; im gewaltigen Kamin flackert ein Feuer, alte Möbel, Jagdtrophäen. Wie liebevoll gepflegt ist auf der Rückseite der Garten, begrenzt durch die hohe Mauer eines ehemaligen Klosters! Freundlich weist uns die alte Besitzerin ein Zimmer zu, empfiehlt uns für den Abend ein Restaurant in einem Kellergewölbe. Es wirkt wie die Krypta einer Kirche, das Mittelalter lebt, und wir speisen dort vorzüglich.

Wer nach Senlis fährt, einer alten Stadt der Picardie, etwa eine Autostunde nordöstlich von Paris, der hat vielleicht gehört von der gotischen Kathedrale und davon, dass dort im frühen 10. Jahrhundert die Capetinger ihre Königswürde erlangten. Bis heute hat die Stadt viel von ihrem mittelalterlichen Aussehen bewahrt. Wir gehen spazieren am Bach vor der äußersten Stadtmauer – aber was heißt das hier, eine ganze Folge von Mauern umgibt ringartig den Stadtkern, manche als Umwallung von Gärten, die sie gegen Einblicke von außen abschirmen; andere begleiten Häuser aus Bruchstein mit gewaltigen Toreinfahrten und wenigen Fenstern zur Straße, viele verziert mit flachen Giebeln oder steinernen Köpfen. Manchmal senkrechte Fachwerkbalken, dazwischen rote Ziegel in geometrischen Mustern. Das Gewirr der Gassen umringt die Kuppe des Hügels. Wo sich Blicke öffnen, überrascht die Vielfalt der wirr aneinander grenzenden Giebel. Am höchsten Punkt auf einem Platz die Kathedrale; spätgotische Stützbögen, Mauern verziert im Stil flamboyant, unzählige Wasserspeier mit fantastischen Fratzen, ungeheuer hoch der eine Turm, niedriger der andere. Am Westportal große Steinfiguren, Gestalten des Alten Testaments. Das schmale Kirchenschiff steigt auf zu gewaltiger Höhe.

Grade gegenüber vom Westportal öffnet ein Torbogen den Zugang zur einstigen Königsburg – ein Hof, groß wie zwei Fußballfelder, Ruinen, flankiert von einer langen starken Mauer. Zwei Gebäude aus dem 17. oder 18. Jahrhundert stehen etwas verloren zwischen der mittelalterlichen Wucht.

Im archäologischen Museum zeigt man Funde aus gallo-romanischer Zeit: in einem nahegelegen Wald fand man Reste eines Gesundheitstempels aus dem 1. Jahrhundert, viele Terrakotta-Figuren zeigen an, für welche Leiden die Menschen sich Heilung erhofften; der Sockel eines Denkmals für Kaiser Claudius, 49 n. Chr., rekonstruiert aus den gefundenen Scherben, rühmt die Verdienste des Herrschers.

Von Senlis ist es nah nach Chantilly. Das berühmte Renaissanceschloss der dem Thron nahestehenden Bourbonen-Familie wurde in der Revolution dem Erdboden gleich gemacht, danach im 19. Jahrhundert wieder aufgebaut. Darin viele bedeutende Gemälde der italienischen Renaissance (Raffael, Lippi u.a.) – aber in der Überfülle und der willkürlichen Anordnung kommen Meisterwerke wenig zur Geltung. Eindrucksvoll der Zyklus der Glasmalerei „Amor und Psyche". Die Privaträume der Bourbonen sind reich geschmückt mit goldbronzierten Möbeln aus dem 17. bis 19. Jahrhundert, und wie schön der schlichte Raum der reichhaltigen Bibliothek! Viele Schlossfenster öffnen den Blick auf weitläufige Gärten mit Statuen und großen Wasserflächen. Etwas versteckt zwischen Baumgruppen der kleine „hameau", ein Weiler aus einfachen Hütten der Rokoko-Zeit, wo die vornehme Gesellschaft von damals sich mit intimen Schäferspielen vergnügte, Vorbild für die „Schäferei" Marie-Antoinettes beim Trianon in Versailles.

Genug für den Tag, wir verzichten auf die „Ecuries", die in der Rokoko-Zeit erbauten Stallungen für die berühmten Rennpferde – Chantilly gilt als unbestrittenes Zentrum dieser Sportart.

Im Tal der Oise wechseln Felder, Wiesen, Waldstücke und Städtchen miteinander, ein halb ländlicher, halb städtischer Raum, auch Landhäuser in großen parkähnlichen Grundstücken, von Mauern eingefasst. Man spürt die Nähe von Paris. Am windgeschützten Hang des Tals wärmen sich langgezogene Straßendörfer; auf halber Höhe liegt die durch Van Goghs Gemälde bekannte kleine Kirche von Auvers. Der Friedhof einsam weit außerhalb des Orts auf der Hochfläche, an seiner Außenmauer die Gräber von Vincent und Theo van Gogh; Gruppen von Kunst-Touristen pilgern dorthin.

Wie still kann Giverny an einem Montag Morgen sein, wenn sich keine Touristen-Massen mehr auf der Straße drängen!

Im nahen Städtchen Vernon an der Seine ein paar alte Fachwerkhäuser, krumm und schief. Die enge gotische Kathedrale hat schöne Stein-Skulpturen und moderne bunte Glasfenster – 1944 war der Ort heftig umkämpft.

An der Seine entlang fahren wir weiter zum Château Gaillon. Das war einmal eines der prächtigsten Renaissance-Schlösser Frankreichs, errichtet im 16. Jahrhundert vom Erzbischof von Rouen, der enge Beziehungen nach Mailand hatte; künstlerische Einflüsse verbanden es mit den Loire-Schlössern von Amboise und Blois. Galerien und reich verzierte Türmchen und Erker schmückten den Hof und die Außenfassaden, große Gärten im Stil jener Zeit umgaben es. Während der Revolution wurde es verkauft, und geschäftstüchtige Bürger nutzten es als Steinbruch. Im 19. Jahrhundert wurden die Reste als Gefängnis genutzt, Während des 2. Weltkriegs hielten die Nazis dort politische Gefangene fest. Nach langen Prozessen konnte der Staat es 1975 zurückkaufen und auch manche steinernen Schmuckelemente, die auf verschiedene Museen verstreut waren. Seither hat man Teile der einstigen Pracht rekonstruiert – ein großes Modell, Abbildungen und alte Pläne zeigen, wie herrlich es einmal war. Und man sieht auch die schrecklichen Kellerräume der Zeit als Gefängnis.

Nicht weit entfernt, gegenüber, auf einem Hügel das Château Gaillard; beherrschend der Rundblick von dort über die weite Landschaft, Kreidefelsen am Steilufer des Seine-Tals. Die 1195 von Richard Löwenherz erbaute Burg sollte die Anwesenheit Englands in der Normandie repräsentieren und den Weg von Rouen nach Paris versperren. Man möchte die mächtigen Mauern auf der beherrschenden Höhe für uneinnehmbar halten, aber schon bald gelang es den Franzosen, sie zu erobern. Ungeheuer eindrucksvoll ist die Ruine – aber das Großartigste ist die Aussicht.

Das Office de Tourisme in Les Andelys war kürzlich umgezogen, daher für uns wegen widersprüchlicher Auskünfte schwer zu finden. Eine freundliche Dame empfahl uns eine einfache, aber schöne und ruhige Chambre d'Hôte auf dem Lande, unweit des Dörfchens Lyons la Forêt; das hat sich ein einheitliches Bild von Fachwerkbauten erhalten und eine zweihundert Jahre alte hölzerne Markthalle. Den Film „Mme Bovary" drehte man hier (die wirkliche Handlung des Romans spielte im Dörfchen Ry, etwa 20 km von hier entfernt). Maurice Ravel lebte und arbeitete in Lyons, komponierte hier „das Grab von Couperin" und orchestrierte Mussorgskis „Bilder einer Ausstellung".

Nicht weit entfernt von Lyons liegen die Ruinen der Abtei von Mortemer. Mauern mit Maßwerk verzierten Fensternischen, Reste des Kreuzgangs sind noch zu ahnen. Reich und mächtig war die Abtei vom 13. bis 15. Jahrhundert, dann wurden die Mönche immer weniger, bei der Revolution waren es noch vier. Die wurden vom Volk für seine Peiniger gehalten und massakriert, ihr Blut soll sich im Keller mit dem Wein aus zerschlagenen Fässern vermischt haben. Als im Krieg 1914-18 englische Offiziere in den Ruinen einquartiert waren, glaubten sie die Gestalten der vier erschlagenen Mönche zu sehen. Diese und einige andere Legenden von Spukgestalten und geheimnisvollen Tieren sind mit dem Kloster verknüpft und im Keller nach Art von „Son et Lumiêre" dargestellt. Ein Beispiel übersetze ich: „Le Chat Goublin de Mortemer":

*Die Abtei Mortemer liegt in Ruinen, Vielleicht ist das großenteils so wegen des Abenteuers, das dem Bruder Alexander widerfuhr, als er den Katzenkobold sah.*

*Bruder Alexander war nicht glücklich, obwohl er eine Stellung hatte um die ihn viele beneideten: Er war Küchenmeister. Er bereitete für den Vater Abt die gewürzten Fischragouts zu, und er hatte seinen Nutzen davon. Er verfügte über den fetten und rosigen Speck, über die Gewürze, die Erbsen und das Wildpreth. Er richtete auch die Gastmähler, die ganz aus dem Rahmen der üblichen Klosterküche fielen. Und er war auch der Herr über den magischen Ort, von dem die Düfte aufsteigen, die gewisse Mönche im Geist mehr als eine Sünde der Völlerei begehen ließen. Bruder Alexander, der im übrigen der beste Mensch von der Welt war, hätte also glücklich sein müssen inmitten seiner Kasserollen, seines Kupfergeschirrs und seiner Steinguttöpfe.*

*Aber da will es das Unglück, dass er eines Tages beim Umdrehen eines ganz mit Dunst beschlagenen Kessels einen Kater sieht – keinen dieser gewöhnlichen Kater, wie sie in Küchen herumstreichen. Nein, das war ein Katzenkobold, eines dieser Wesen, die die Gestalt eines Tieres annehmen, um besser die ihnen anvertrauten Schätze zu bewachen.*

*Dieser Kater hütete den Schatz von Mortemer, und Bruder Alexander, der, wenn er nicht bei seinen Kesseln war, viele Stunden in der Bibliothek verbrachte, kannte so halb das Schriftwort: „Wenn der Kobold schläft, kehrt der Schatz zurück".*

*Bruder Alexander sagte sich, wenn er den Kater beobachtete und der vor ihm einschliefe, hätte er den Schatz von Mortemer für sich allein. Und es begann ein langer Kampf zwischen dem Mönch und dem Tier, und gegen alle Erwartung gewann Bruder Alexander. Kaum war der Kater schnurrend eingeschlafen, da enthüllte sich auf dem großen Küchentisch ein so großartiger Schatz, dass ein blendendes Licht davon den Kobold weckte. Er floh auf den Herd und wartete auf eine Gelegenheit zur Rache. Und die kam bald: Geblendet von so viel Reichtum ließ Bruder Alexander sich überwältigen. Er begann zu träumen, wie er das Dach des Kreuzgangs neu decken lassen würde, wie er das große Kirchenschiff ausbauen würde, und sogar, wie er der heiligen Jungfrau von Mortemer ein neues Gewand stiften würde.*

*Ach, ach, wenn man träumt schläft man ein, und als Bruder Alexander erwachte, war der Schatz verschwunden und mit ihm der Katzenkobold. Und seither erinnert sich Bruder Alexander: „Wenn der Kobold schläft erscheint der Schatz. Aber wenn auch du einschläfst, verschwindet er wieder!"*

*Seit jenem Tag ist Bruder Alexander traurig. Er kann sich nicht verzeihen, dass er eingeschlafen ist. Alle Tage sucht er neben den Kaminen verlassene kleine Katzen, aber vergeblich, den Kobold findet er nicht. Der Schatz ist immer noch da, irgendwo im Herzen von Mortemer versteckt. Und die große Kirche, die langsam zu Ruinen zerfällt, hofft auf die Rückkehr des Kobolds.*

Diese und andere Legenden, begleitet von passender Musik, macht die finsteren Keller der Abtei-Ruinen zu einem Ort schauerromantischer Träumerei. Von den Fischteichen dahinter wehen an kühlen Tagen die Nebel herüber.

Am 1. Mai fuhren wir nach Rouen. Eine verschleierte Sonne dämpfte die Kälte; wir bummelten über den alten Markt, wo einst Jeanne d'Arc verbrannt wurde, durch die Straßen mit den hohen Häusern in normannischem Fachwerk, vorbei an der großen Uhr – eine Touristengruppe folgt der anderen. Hin zu der gewaltigen Kathedrale; die reichen Verzierungen sind frisch renoviert, und die Patina des Alters ist damit vergangen. Das Innere ist am Feiertag leider geschlossen. Wir gehen weiter durch malerische Altstadtgassen, vorbei an der Kirche St. Maclou zum Aitre St. Maclou, dem einstigen Pestfriedhof aus dem 14. Jahrhundert; in das dunkle Gebälk der niederen Fachwerkhäuser, die diesen Hof umstehen, sind Schädel, Gebeine und Totengräber-Werkzeuge geschnitzt. Man scheint abgeschieden von aller Welt. Vom baumbestandenen Hof sieht man die benachbarten Kirchtürme.

Dann gehen wir wieder durch enge Fachwerk-Gassen, Häuser mit vorkragenden Giebeln. Vor anderen Kirchen Bäume auf freien Plätzen. Wir essen gut und preiswert in einem marokkanischen Restaurant. Dann vorbei am strahlend hell wieder aufgebauten Justizpalast – der war 1944 schwer beschädigt worden.

Auf dem Heimweg machen wir einen kleinen Abstecher zur verlassenen Abtei Fontaine-Guérard. Abseits liegen die Gebäude am Flüsschen Andelle, einsam zwischen Wiesen und Wald, ein stiller Platz zum Träumen.

Unser ländliches Quartier war ein umgebautes Backhäuschen bei einem Gebäude, das früher als Dorfladen gedient hatte; der war jetzt ein geräumiges und gemütlich eingerichtetes Wohnzimmer. Eine weite Rasenfläche mit einer riesigen Sequoia lud ein zum Verweilen, aber der Nieselregen des Seeklimas scheuchte uns ins Häuschen. Die freundliche belgische Wirtin hatte uns Cidre gegeben, sie und ihr Mann aus Lille, ein Mechaniker in Rente, erzählten uns über die Stis. Noch ein paar kleine Abstecher in die nähere Umgebung.

In Beauvais schauten wir kurz in die Kathedrale, die höchste der Welt, die schon im Mittelalter teilweise eingestürzt war. Compiègne – ein hübsches gepflegtes Städtchen; im Giebel des hohes Rathauses drei große Holzfiguren (die Originale im Museum). Ein Kloster hatte hier vor tausend Jahren große politische Bedeutung; jetzt ist davon nur noch der Kreuzgang erhalten, in dem einige steinerne Grabplatten und Figuren ausgestellt sind. Ein anderes Museum enthält Funde aus gallo-romanischer Zeit und viele antike Vasen, die ein Sammler im 19. Jahrhundert seiner Heimatstadt vermachte.

Wir verzichten darauf, den Ort des Waffenstillstands von 1918 anzuschauen, fahren weiter nach Soissons. Am Straßenrand riesige Soldaten-Friedhöfe; wie viele sinnlose Opfer forderten 1915 die Kämpfe am Chemin des Dames! Auch Soissons wurde damals durch Artillerie-Beschuss schwer beschädigt. Auf einem Hügel am Stadtrand die Ruinen des Klosters St. Jean des Vignes; in der einstigen Kirche stellt ein Künstler eindrucksvolle große moderne Skulpturen aus gekalktem Eichenholz aus.

Rückreise im Regen. Wir unterbrachen die Fahrt in Reims. Wie viel ist geschrieben worden über die geschichtliche Bedeutung der Kathedrale, die bunten Glasfenster in den Rosetten, die Glasgemälde von Chagall! Als kunsthistorische Laien können wir die großartigen Werke nur flüchtig bewundern.

In Lunéville schuf König Stanislas sich in der Rokokozeit ein verkleinertes Abbild von Versailles – leider wurden wichtige Teile davon 2003 durch einen Großbrand zerstört, und auch Teile wertvoller Faience-Sammlungen fielen dem Feuer zum Opfer. Man versucht, wieder aufzubauen – aber vieles ist unrettbar verloren. Übernachtung in einem etwa 250 Jahre alten Haus – wie sorgfältig ist die Holzvertäfelung bemalt, wie vornehm-ruhig die zurückgezogene Lage hinter einem winzigen Hof, der zum Garten gestaltet ist!

Wie nah sind die vielen schönen alten Dinge in Frankreich! Bei einer Reise dorthin scheint es mir, als überspringen wir dabei Jahrhunderte. Gern bewundere ich das Leben in einer anderen Welt. Die ist nicht besser oder schlechter – aber eben anders. Natürlich gibt es auch das supermoderne Frankreich – aber das haben wir bei dieser Reise ausgeblendet.

# Verirrt

Eine Studentengruppe macht eine Exkursion in eine hügelige und seenreiche Landschaft: Norddeutschland abseits der Touristenwege. In einer mir fremden Gegend möchte ich mich an Hand einer Übersichtskarte orientieren: wie verlaufen die wichtigsten Höhenzüge, wo erstrecken sich Seen, wohin fließen die Bäche und Flüsse? Aber der Exkursionsleiter mag mir eine solche Karte nicht geben. Auf dem Kamm eines Hügels entlang geht der Weg, von einer kleinen Kapelle aus sollen wir einen Überblick erhalten. Schön ist die Landschaft; aber was ist wichtig: die Geländeformen, Pflanzen, oder große Insekten? Die Gruppe löst sich auf in mehrere kleine Grüppchen. Gibt es die Kapelle überhaupt? Nur wenige erreichen den Aussichtspunkt – der Professor ist nicht dabei. Haben wir noch ein Ziel?

Am Morgen waren wir aufgebrochen von einer Herberge an der Bucht eines Sees; dort sollten wir uns abends wieder treffen. Aber wo liegt jetzt die Herberge – im Norden, Süden, Osten oder Westen? Der Tag ist heiß. Gern würden wir uns durch ein Bad in einem der vielen Seen erfrischen, aber von unserer Hügelkuppe aus sind alle zu weit entfernt. Und in welche Richtung sollen wir gehen? Wir folgen ein Stück weit dem Kamm, kommen zu einem einsamen Hof. Ein Mann hantiert mit riesigen Milchkannen – aber ich erkenne ihn ja, es ist Hans, mein einstiger Klassenkamerad. Übergenau war immer sein Wissen, und mit messerscharfer Logik beherrschte er alle Gespräche. Freundlich gibt er uns Auskunft – ja, jene Richtung; aber es ist weit. Ermüdet fragen wir, ob er uns fahren oder ein Taxi bestellen könnte. Nein, leider kann er das nicht. Wie sollen wir sein Abschieds-Winken deuten? In der Mittagshitze trotten wir dahin. Unübersichtlich windet der Weg sich zwischen hohen Hecken auf und abwärts, links und rechts. Immer wieder gibt es Kreuzungen und Weggabelungen – stimmt unsere Richtung noch? Wir haben jegliche Orientierung verloren. Locken flimmernde Heuhaufen zur Rast? Wandeln sie sich in riesige, wollige Elefanten? Wenn sie uns doch tragen, am besten mit uns durch die Luft fliegen könnten! Aber sie blinzeln nur träge und höhnisch. Erschöpft legen wir uns in den Schatten. Hätten wir doch wenigstens eine Karte! Zwei Meinungen streiten: Sollen wir uns weiterschleppen, obwohl wir den richtigen Weg nicht wissen? Aber wann mag in dieser abgelegenen Gegend jemand vorbeikommen? Müde und durstig giften wir einander an: wie lange wollen wir hier noch bleiben? Es hilft nichts, wir werden weitergehen müssen. Aber wir haben kaum Aussicht, an einen Ort zu gelangen, wo wir Auskunft erhalten. Erschrocken und entmutigt fahre ich hoch aus dem Traum.

Was geht da nicht alles durcheinander: eine Fahrradtour, die ich als Schüler mit Hans und Heini in Schleswig-Holstein unternahm, und wo ein Onkel uns warnte: die von Hecken gesäumten Sandwege im Land Angeln sind so unübersichtlich, dass auch er als Landarzt sich dort nicht hineinwagt. Hatte nicht damals ein Wanderzirkus mit Elefanten am Wegrand gelagert? Eine Klassenfahrt, bei der ein Lehrer uns durch die kuppige Grundmoränenlandschaft führte. Eine Exkursion aus Studentenjahren, bei der ein Geologie-Professor uns die Eiszeit-Hinterlassenschaften in Norddeutschland erklärte: Endmoränen, Schmelzwasser-Rinnen, Seen in Toteislöchern; und erst kürzlich eine Reise zu einem Familientreffen in einem Schleusenhaus zwischen zwei Mecklenburger Seen – das Haus lag einsam, nicht eingetragen in unserer Karte. Als wir bei Dunkelheit dorthin fahren wollten, erwischten wir auf der Straße die entgegengesetzte Richtung, fuhren über den Rand unserer Karte hinaus, die Ortsnamen waren nicht zu finden, wir fühlten uns völlig verloren.

Erlebnisse aus mehr als sechs Jahrzehnten, verdichtet in einem einzigen Traum. Aufgehoben die Grenzen zwischen weit auseinander liegendem Geschehen. Wie verirrt war ich nicht nur im Raum, sondern auch in der Zeit!

# Königsberg – Kaliningrad

Kindheitserinnerungen: Durch baumbestandene Straßen mit drei- und vierstöckigen Häusern zur Schule im gepflegten Vorstadtviertel unserer Stadt, mit dem Tretroller zur Klavierstunde, zu Verwandten oder zu meinem Freund, mit dem ich im verbotenen Park des Douglas-Schlößchens spiele. Spaziergänge in Parks um Teiche, Anlagen ziehen sich am Stadtrand den Landgraben entlang weit ins Umland hinaus. Was erlebte ich hier nicht alles! Mit der Straßenbahn in die Innenstadt, vorbei an der neo-romanischen Luisenkirche, am Zoo, am Schauspielhaus, am Landgericht, vor dem die bronzenen Wisente kämpfen, am modernen Nordbahnhof, über den Steindamm mit seinen hohen Geschäftshäusern zum Schloß – wuchtige runde Türme an den vier Ecken, dazu der schlanke Turm der Schloßkirche aus späterer Zeit; mein Vater erzählte mir, wie hier der deutsche Orden urtümliches Land der heidnischen Pruzzen kolonisierte und gegen Polen und Litauer kämpfte. Später verband sich das Herzogtum Preußen durch Heirat mit Brandenburg. Nur hier, außerhalb des Reiches, durfte sich 1701 der Kurfürst zum König in Preußen krönen; mein Vater zeigte mir den Krönungssaal. Die Straßenbahn hält vor der hochgezogenen Brücke – ein Schiff will in den inneren Teil des Hafens. Dort drüben am Wasser die vielen alten hohen Speicher. Und auf der Insel der wuchtige, gedrungene Dom, Backsteingotik, ungleich hoch die zwei Türme – an seiner Seite das Grabmal von Kant. Eine Provinzhauptstadt mit 360.000 Einwohnern; unsere Familie selbstverständlich ein Teil davon.

Im August 1944 zerstörten zwei englische Luftangriffe die Innenstadt. Meine Mutter, meine Schwestern und ich gelangten kurz vor Kriegsende in ein abgelegenes Dorf der Lüneburger Heide, mein Vater blieb als Apotheker in der Heimatstadt. Als die Rote Armee nach furchtbaren Kämpfen Königsberg eroberte, lebten dort noch etwa 120.000 Deutsche; von ihnen starben in den nächsten drei Jahren 90.000 an Hunger oder Typhus; mein Vater war einer von ihnen. Die Russen nannten die Stadt Kaliningrad – sie wurde fast fünfzig Jahre lang militärisches Sperrgebiet.

1994 flog ich mit einer Reisegruppe dorthin. Wir logierten 30 km nördlich in einem Heim an der Samlandküste – wie oft hatten wir einst herrliche Ferientage dort verbracht! Mit einem Bus in die Stadt. Schlaglochübersäte Straßen; russische Plattenbauten an einem breiten Prospekt, der sich schnurgerade durch das zieht, was einmal Altstadt war, auf einer langen hohen Brücke über die ganze Dominsel hinweg. Am Dom spielen Straßenmusikanten „Ännchen von Tharau" für Heimweh-Touristen, Kinder bieten Ansichtskarten mit den einstigen Sehenswürdigkeiten der Stadt an. Die Ruinen des Schlosses mit seinen meterdicken Mauern wurden in den sechziger Jahren gesprengt; unmittelbar neben der Trümmerstätte ein hohes Rätehaus aus Beton, die Fassade wirkt wie eine altmexikanische Teufelsfratze, nie wurde das Gebäude fertig. Am Schloßteich blickt man über weite abgeräumte Trümmerflächen auf endlos lange Plattenbauten, sogar von fern sieht man, wie häßlich die Bauteile verfugt sind. Im Heimatmuseum Funde aus der Steinzeit und Darstellung der Eroberung der Stadt durch die rote Armee – über siebenhundert Jahre deutscher Geschichte kein Wort, kein Bild, nichts.

Der Platz vor dem erhaltenen Nordbahnhof ist überdimensional vergrößert. Ein Lenin-Denkmal; nahe dabei die Zwiebeltürme einer russischen Kirche. Die frühere Luisenkirche blieb erhalten als Ort für derb-komisches Puppentheater; der parkähnliche Friedhof dahinter wurde zum Rummelplatz. An den Straßenrändern bieten alte Mütterchen mit Kopftüchern Pilze und Blaubeeren zum Kauf. Und ständig werden die Gehwege sorgfältig gekehrt.

Bei der Bus-Rundfahrt liest unsere russische Reiseleiterin, eine Germanistin, Statistiken vor. Sie stammt von der Wolga. Nach einem harten Leben in sibirischen Lagern kam sie in den sechziger Jahren hierher. Jedesmal, wenn sie sagt „In dieser unserer Stadt…" gibt es mir einen Stich – sie weiß ja kaum, wie einst die Straßen hießen, weiß nicht, wo die deutschen Toten der Nachkriegszeit in Massengräbern verscharrt wurden. Ich helfe ihr mit Namen, erzähle eine Anekdote über meinen Großvater; zeigte sich nicht in kleinen Begebenheiten des Alltags die Mentalität des hier ansässigen besonderen Menschenschlags?

In dem Viertel, wo wir einst wohnten, sind Straßen und Häuser erhalten; zerfallende Zäune, verwahrloste Vorgärten. Meine Frau und ich gehen zu dem

Haus, wo ich als Kind lebte. Einer alten Frau, die gerade hineingehen will, zeige ich in einem kleinen Wörterbuch den Satz: „Wir haben hier gewohnt – 1944". Mit wenigen Brocken Englisch sagt sie, daß sie 1955 hierhergezogen ist. Aber zu einem Gespräch reicht ihr englisch nicht, und ich kann leider kein russisch. Wir dürfen ins Haus. Unsere Wohnung im Dachgeschoss gibt es nicht mehr, die Türe ist zugemauert. Aus Stein ist die Treppe dorthin, in der Mitte Linoleum. Einst hatten mein Freund und ich Schießpulver gemischt, es hier im Treppenhaus abgebrannt. Und richtig, ja, noch immer ist hier das schwarze Loch im braunen Linoleum.

Ich habe gelesen, die russische Militärkolonie Kaliningrad habe seit 1994 einen wirtschaftlichen Aufschwung erlebt. Mich zog es nie wieder dorthin. So stelle ich mir eine Stadt im fernen Sibirien vor. Anders als in Polen oder Litauen wurden hier fast alle Spuren der Geschichte gewaltsam getilgt. Mit deutschem Geld wurde um das Jahr 2000 der Dom wieder in Stand gesetzt. An seiner Mauer das Grabmal von Kant blieb auf Wunsch russischer Studenten erhalten.

# Reise im Alter

Dem alten Ehepaar reichte es. Ein Leben lang hatten sie gearbeitet, sparsam gelebt, für ihre Kinder gesorgt – jetzt wollten sie ein paar Tage für sich allein haben. Haustür abschließen, ins Auto steigen, wegfahren. Egal wohin, nur fort, für niemanden erreichbar sein.

Auf der Autobahn zogen die Ortsschilder vorbei: Hannover, Hildesheim, Göttingen, Kassel. Mit den Namen verbanden sich Erinnerungen: In Hannover hatte die Schwester eine Ausbildung gemacht, in Göttingen hatte ihr Sohn studiert. Wie lange war das her! Inzwischen war er längst in Amt und Würden. Er brauchte die Eltern nicht mehr, der Kontakt war locker, doch es gab Telefongespräche. Man hörte von Bekannten, deren Kinder es nicht geschafft hatten, durch Wirtschaftsprobleme, Krankheit oder Scheidung aus der Bahn geworfen waren – da war es ihnen gut ergangen. Sie hatten versucht, anderen mit Rat und Tat zu helfen – manchmal hatten sie Erfolg gehabt, manchmal auch kaum, wenn Menschen fremde Einmischung stolz zurückwiesen oder ein Schicksal übermächtig war.

Frei werden von bedrückenden Erinnerungen! Nach ein paar Stunden Fahrt beschlossen sie, an einem schönen Ort im Lahntal ein Quartier zu suchen. Ein Spaziergang in fremder Umgebung, und es müsste schön sein, sich in einem gepflegten Landgasthof verwöhnen zu lassen! Ausspannen, wo einen niemand kannte, neue Eindrücke sammeln!

Nach dem Abendessen, allein in der Gaststube, wanderten ihre Gedanken zurück nach Hamburg. Noch vorgestern hatten sie dort für eine alte Dame, die in ein Altersheim zog, die Wohnung leer geräumt. Sie hatten gerne geholfen – aber sie waren selbst über siebzig, und sie stießen auf die Grenzen ihrer Kräfte. Erst wenige Wochen vorher hatten sie für die Schwiegereltern ihres Sohnes eine ähnliche Aufgabe in Düsseldorf übernommen. Auch wenn sie Helfer gehabt hatten – es hatte sie angestrengt. Und wie schmerzt es, Dinge weggeben zu müssen, von denen man weiß, dass das Herz lieber Menschen an ihnen hängt! Da war zum Beispiel jenes zierliche Schränkchen mit Intarsienarbeit – jeder bewunderte das wertvolle Stück, aber niemand hatte in einer beengten Wohnung einen Platz dafür. Schweren Herzens hatte man es verkauft.

Ihre Gedanken kamen nicht los von all dem, was sie in den letzten Wochen beschäftigt hatte. Hilfe für Verwandte und Bekannte, ehrenamtliche Tätigkeit in Vereinen, Singen im Kirchenchor, gelegentlich ein Konzertbesuch. Konnte man all das einfach abschütteln? Vielleicht, wenn man für ein paar Tage ganz eintauchte in das Leben anderer Menschen, sich für ein paar Tage einquartierte bei lieben Verwandten?

Sie besuchten einen Cousin in der Nähe von Frankfurt. Der erzählte von weiten Reisen und anderen, die er für die nächste Zeit plante. Und wie schön war doch letztes Jahr der Familientag gewesen, was hatte man da nicht alles gesehen, mit vielen Verwandten gesprochen, erlebt, wie deren Kinder heranwuchsen! In Gesprächen vergingen die Stunden, man genoss die Gastlichkeit.

Aber der Cousin war mit eigenen Angelegenheiten beschäftigt, sie wollten ihn nicht davon abhalten. Weiterfahrt. Ein bisschen Tourismus: wie eindrucksvoll hier ein Dom, dort eine malerische Altstadt! Tatsächlich, die Entfernung von daheim brachte Abstand vom Alltagsgeschehen. Sollten die Leute zu Hause einmal alleine zurechtkommen!

Besuch beim Bruder im Schwarzwald. Wie schön, in Erinnerungen zu kramen, von alten Bekannten zu erzählen, mit alten Fotos einstige gemeinsame Reisen nachzuvollziehen! Und wer stellt nicht gern vor dem älteren Bruder dar, was er im Leben erreicht hat! Und nicht nur die eigenen Erfolge, auch die Erfolge früherer Schüler schmücken das Ansehen eines einstigen Lehrers. Und wie angenehm kann man entspannen bei Spaziergängen und im Thermalbad!

Aber für mehr als zweieinhalb Tage mag das alte Ehepaar sich auch dem Bruder und der Schwägerin nicht aufdrängen. Mit kurzen Aufenthalten bei Sehenswürdigkeiten in Oberschwaben fahren sie weiter zu ihrer Schwester am Chiemsee. Die kann in ihrer Ehe mit einem schwierigen Mann etwas Trost und Beistand gebrauchen. Wie war es nur möglich, dass diese gescheite und temperamentvolle Frau sich an so einen Mann band, der sich allem Ungewohnten gegenüber mehr und mehr verschloss, sich in vermeintlichen, oft auch nur eingebildeten Leiden abriegelte von jeglicher Teilnahme am Leben! Mit zäher Selbstbehauptung ertrug die Frau diese Ehe, ließ die Grillen ihres Mannes an sich abprallen. Und wie gut tat es ihr, sich auf Spaziergängen aussprechen zu können. Endlich einmal all den Frust aus sich herausreden! Aber immer noch fühlte sie sich verpflichtet, es auszuhalten bei ihrem verstockten Mann. Die Reisenden taten, was sie konnten, versuchten, als Beichteltern Linderung zu geben und zu vermitteln. Vier Tage lang zeigten sie Geduld und Teilnahme, dann machten sie sich auf den Heimweg nach Norden.

Aber sie wollten doch eine schöne Zeit für sich selbst! In einem kleinen Städtchen am Main fanden sie eine hübsche Pension zwischen Rebbergen; in Ruhe konnten sie die liebliche Landschaft genießen. Und dabei kamen sie zu stiller Einkehr. Daheim würden sie, wenn ihre Kinder arbeiteten, mit neuer Kraft wieder ihre Enkel betreuen.

# Im Nebel

Ein nebliger Morgen. Auf schmalem Pfad zwischen Pappeln, Erlen und Büschen, Efeu und Geissblatt gehe ich am Fluß entlang. Dunstschwaden ziehen übers Wasser, geben manchmal den Blick frei aufs andere Ufer, hüllen es dann wieder in verschwimmendes Weiß. Alles ist still, nicht einmal ein leises Glucksen von Wellen. Grotesk verzerrt der Nebel die Gestalten der Bäume. Noch dichter wird er, nur wenige Schritte weit kann ich sehen. Scharf gezeichnet nur zahllose Tropfen auf Spinnweben. Gelbe Blätter treiben langsam auf dem dunklen Wasser. Plötzlich liegt vor mir am Ufer ein Kahn, dunkel streckt das Holz sich ins Wasser. Ich steige auf die schwankenden Bretter, setze mich auf die Ruderbank. Ruder sind nicht an Bord. Unmerklich löst der Kahn sich vom Ufer, treibt sacht hinein in die Strömung. Ich lasse es geschehen, schaue auf die bizarren Gestalten von Wurzelwerk umgestürzter Bäume. Rasch werden die vom Nebel verschluckt, die Strömung zieht mich an allem vorbei, ich weiß nicht, wie schnell, wohin, wie lange. Steht dort unbeweglich ein grauer Reiher? Irgendwo schlägt eine Turmuhr – wie oft? Alles wird gleichgültig. Dann lichtet sich der Nebel, die Sonne bricht durch. Nussbäume am Ufer, fast meine ich, ihre großen Blätter von geheimer Magie raunen zu hören. In der Ferne erkenne ich bewaldete Höhen und eine Burg. Eine Brücke mit vielen steinernen Pfeilern spannt sich über den Fluß, mein Kahn treibt dazwischen durch. Weiter wird das Tal, es wird gesäumt von steilen hellen Kalkwänden. Die Strömung läßt nach, immer breiter wird der Fluß, wird zum Stausee. Aber nur kurz kann ich dessen Ufer ahnen, dann steigen wieder Nebel aus dem Wasser, verhüllen alles. Kaum merklich treibe ich dahin, die Stille und das Fehlen jeder Bewegung schläfert mich ein, ich weiß nicht für wie lange. Schließlich legt sich mein Kahn ans Ufer. Ich steige aus – ahne ich den Ort wo ich bin? Alles ist so verschwommen wie die Nebelfelder um mich her. Soll ich versuchen, Menschen, Obdach und Nahrung zu finden? Oder gehe ich ziellos weiter ins herabsinkende Dunkel?

# 5. Märchen

# Eulenblick

Die Eule blickt uns fragend an –
ob sie uns Winke geben kann?
Führt Zweifeln uns zum Denken hin
und gibt manch leeren Stunden Sinn?
Komm ich von manchem Irrtum fort
und finde dann das richt'ge Wort
das mich zu neuem Denken führt
und andrer Menschen Herzen rührt?
Besinn dich auf dich selbst zurück -
ist das der Wink vom Eulenblick?

## *Der Elch mit den goldenen Hufen*

Inmitten der kanadischen Wildnis saß ein Indianer an einem kleinen Feuer und schaute in den Abendhimmel. Von Jagd und Fischfang ernährte er seine Familie – ein mühsames Leben, es langte so gerade für das Notwendigste. Und doch fühlte er sich eins mit der Natur, die ihn umgab. Er betrachtete das Herbstlaub und lauschte auf den Wind. Da trat plötzlich aus dem Ufergebüsch am Fluss ein mächtiger Elchbulle ins Freie. Der Indianer griff nach seinem Gewehr, doch der Elch schüttelte nur den Kopf; ohne jede Scheu ging er auf den Menschen zu, und es war, als spräche er mit dunkler Stimme: „Schieße nicht, Bruder Mensch! Nur kurze Zeit könntest du leben von meinem Fleisch. Schau meine Hufe an – sie glänzen von Gold, denn nicht weit von hier bin ich im Fluss durch Goldsand gewatet. Verfolge meine Spur zurück, und du kannst deine Taschen mit so viel Goldsand füllen wie du nur irgend tragen magst. Aber ich warne dich! Nimm nur wenig, und wenn du es bei den Händlern eintauschst, dann sage, es gäbe hier nur wenig davon, du hättest lange gebraucht, es zu sammeln. Biete lieber an, Reisende durch diese Einsamkeit zu führen; wenn die sehen, wie hier die Natur durch keine Goldschürfer verletzt ist, werden sie den großen Frieden einatmen, und sie werden dich bezahlen dafür. Hüte dich, zu viele von ihnen hierher zu führen, und vor allem hüte dich, zu irgend jemand zu sprechen über das Gold im Fluss – denn unersättlich ist die Goldgier der Menschen, und alles würden sie zerstören, um viel Gold zu erlangen!"

Der Elch hob einen Huf, um das blinkende Gold daran zu zeigen; dann wandte er sich um und verschwand im Dickicht.

Der Indianer sann nach über die Worte des mächtigen Tiers. Ja, die kluge Beschränkung auf Weniges konnte seine Welt heil erhalten. Ein paar Unzen von dem Goldsand im Fluss wollte er sich holen, doch nur so viel, wie er unbedingt brauchte, um seine Familie zu ernähren. Er verneigte sich gegen den Wald und dankte dem darin verschwundenen Elch mit den goldenen Hufen.

# Die Elster und der Ring

Eine Elster hatte viele glänzende Dinge in ihrem Nest zusammengetragen – einen goldenen Ring, silberne Münzen, Scherben eines Spiegels und Bruchstücke einer bunten gläsernen Vase. Sie freute sich an dem Anblick, setzte sich auf ihr Nest und rutschte auf ihren Schätzen hin und her. Dabei schnitt sie sich an den scharfen Kanten des Glases, ihr Blut tropfte auf die schönen Dinge. „Wie ärgerlich", sprach sie, ich muss meine Sachen verpacken, damit sie mich nicht verletzen!" Sie sammelte Wolle, Lumpen und Federn und umwickelte alles. Dadurch wurde ihr Nest größer und größer. Eines Tages kam ein Sturm auf, der griff in das allzu groß gewordene Nest und schleuderte es auf den Boden. Mühsam baute die Elster ein neues Nest, aber sie machte es kleiner, verbarg darin nur einen Teil ihrer Schätze – vieles versteckte sie anderswo. Dort fanden ihre Nachbarinnen die Dinge und stahlen, was sie nur konnten. Resigniert sagte die Elster: „Schweren Herzens verzichte ich auf fast alles – nur einen einzigen kostbaren Ring will ich behalten!" Den steckte sie sich an den Fuß. Aber als sie damit durch ein Gebüsch streifte, verfing sich der Ring an einem Stück Stacheldraht, und die Elster konnte weder den Fuß zurückziehen noch den Ring abstreifen, sie konnte sich nicht befreien. Nach wenigen Tagen starb sie an Hunger und Entkräftung. Aber sterbend noch blickte sie ihren Ring an und sagte: „Dich zu besitzen war mir lieber als mein Leben!"

# Ein Flügelfuchs

Neulich, als ich abends zum Briefkasten ging, begegnete mir auf der Straße ein Fuchs. Es war ein besonderer Fuchs: Aus dem kurzen, gedrungenen Körper wuchs ein Flügelpaar nach oben, und zwischen den Flügeln hockte ein zweites, fast menschliches Köpfchen.

„Nanu", fragte ich verwundert, „Was führt denn dich in die Stadt?"

Der Fuchs spitzte aufmerksam die Ohren, und das Menschlein auf seinem Rücken antwortete: „Ein kleiner Rundgang am Abend zeigt einem so allerlei, finden Sie nicht auch? Zum Beispiel die Abfalltonnen hinter dem Supermarkt – was steckt da nicht alles Leckeres drin! Sie sehen ja, ich habe mich schon ganz rund und fett gefressen daran!"

In der Tat, gut genährt sah er aus in seinem schönen rotbraunen glatten Pelz. Aber warum hielt er die Vorderpfoten wie zwei bettelnde Hände vor der Brust? Und warum spreizte er die so ungleichen Flügel nach oben? Als hätte er meine unausgesprochene Frage verstanden, antwortete er: „Ja, es gibt hier ja mehr als genug; ich schnappe mir alles Mögliche, fliege damit herum – wo ich glaube, dass Leute es nötig haben, lege ich es ihnen vor die Tür oder ans Fenster. Vielleicht erreicht es ja jemand, der die Sachen brauchen kann."

„Musst du nicht fürchten, dass dich jemand bei so einer Aktion erwischt?"

„Ich bin klein genug, mich zu verstecken; und ich kann auch aussehen, als wäre ich nur ein Stück Holz." -

„Da wünsche ich dir, dass dich niemand unter den Arm klemmt und mitnimmt!"

„Er hätte einiges zu schleppen an meinem Gewicht!"

Ich hob ihn auf, Ja, er war schwer. Aber am Ende der Straße tauchten ein paar unsympathisch aussehende Gestalten auf, da nahm ich ihn doch lieber mit zu mir nach Hause. Ich wollte ihn wieder laufen lassen, damit er sich weiter betätigen kann. Aber er sagte, es gefiele ihm bei mir, und er wollte noch bei mir bleiben.

# Zauberer und Hexe

In einem nicht so fernen Land lebte ein Zauberer. Er war nicht böse, und meistens tat er anderen Menschen nichts Schlimmes – aber alles sollte so geschehen, wie er es für richtig hielt.

Der Zauberer hatte eine eigensinnige Tochter – und genau wie ihr Vater wollte auch sie alles nach ihrem Willen geschehen lassen. Allein wollte sie in fremden Gärten Beeren stehlen, allein den Kaninchen im Stall die Ohren zusammennähen. Wenn ihr Vater meinte, es sei Zeit zu arbeiten, spielte sie lieber; und wenn sie Lust hatte, mit ihm seine Zauberbücher zu studieren, musste er Geld verdienen. Denn auch bei einem Zauberer genügt dafür nicht ein nur kleiner Schwung mit dem Zauberstab. Oft stritten sie sich – aber das Mädchen hatte sich fest in den Kopf gesetzt, die Zauberkunst zu lernen; manchmal folgte ihr Vater ihren Wünschen, und manchmal tat auch sie was er verlangte, und nach einiger Zeit wurde sie zu einer recht tüchtigen jungen Hexe.

Eines Tages ließ der alte Zauberer seine sieben Katzen alle in einer Reihe an sich vorbeimarschieren. Als die junge Hexe das sah, schickte sie schnell drei Mäuse dazwischen – und natürlich liefen die Katzen alle durcheinander hinter den Mäusen her, und vorbei war es mit der schönen Ordnung. Der alte Zauberer war wütend; und weil er wohl wusste, wer ihm den Streich gespielt hatte, verwandelte er seine Tochter in eine Maus – da kauerte sie nun in einem Käfig, direkt vor den Krallen und Zähnen der Katzen. Nur eine kurze Zeit, freilich – dann gab er ihr ihre menschliche Gestalt zurück. Aber nun zeigte sie, was sie gelernt hatte: sie ließ ihren Vater als Kater auf einem kleinen Holzbrett mitten in einem großen reißenden Wasser dahintreiben. Sie hatte vor, ihn nach einem kleinen Weilchen wieder zu befreien; aber sie wurde so zappelig, dass ihr das dicke Zauberbuch zuklappte , und je mehr sie blätterte, desto weniger konnte sie in der Eile die richtige Seite wiederfinden. Und sie wusste den Spruch nicht auswendig, um ihrem Vater zu helfen. Eiskalt war das Wasser und von böser Gewalt; mit Müh und Not rettete sich der Kater an einer günstigen Stelle ans Ufer. Aber der Weg zurück in sein Schloss war weit, und nur dort konnte er sich mit seinem Zauberstab selber befreien. Nass, frierend und hungrig setzte er grimmig und böse eine Pfote vor die andere – was blieb ihm anderes übrig? Drei Tage und drei Nächte schlich er an Hecken entlang, raste über Straßen und wäre beinah überfahren worden. Er rannte um sein Leben, wenn die Gassenjungen der Dörfer Steine nach ihm warfen, er drückte sich flach über die Wiesen, und fast hätte ein großer Hund ihn erwischt. Als er schließlich zu Hause ankam, schlich er in sein Zimmer, lange leckte er sein zerzaustes Fell, erst danach wagte er es, sich in seinem Spiegel anzuschauen. Dann verwandelte er sich zurück in seine menschliche Gestalt.

Die junge Hexe hatte eine strenge Strafe verdient, das war gewiss. Aber was sollte er mit ihr tun? Sollte er ihr die Haut abziehen und sie eine Zeit lang in den Schornstein hängen? Oder sollte er sie in ein Stück Holz verzaubern und sie ganz nah neben das große Herdfeuer legen? Nein, zu leicht könnte jemand vorbeikommen und sie wirklich verbrennen, das wollte er nun auch wieder nicht. Aber er könnte sie in einen Fisch verwandeln, sie in ein Wasserbecken setzen und das Wasser gefrieren lassen – wenn sie, ganz blau, sich lange genug im Eis gekrümmt hätte, könnte er sie wieder auftauen.

Voller Zorn donnerte er einen mächtigen Spruch, dass sie sofort vor ihm stehen musste wie ein flatterndes Hemd im Wind: was hätte sie zu sagen? Da weinte sie nun so sehr und klagte, sie habe ihn nicht absichtlich in so große Gefahr gebracht, nur ein wenig hatte sie ihn erschrecken wollen, und es täte ihr leid, dass es so schlimm geworden wäre. Und weil sie ja doch seine Tochter war und er sie trotz ihres schlimmen Streiches gern hatte, und weil sie auch versuchte, seine zerkratzte Haut mit ihrer Salbe zu heilen, ließ er sich allmählich beruhigen: er schärfte ihr ein, nie wieder so etwas Gefährliches zu tun, und nur für eine ganz kurze Zeit musste sie ihren schönen Bauch im Eis krümmen. Und die junge Hexe versprach, sich in Zukunft mit harmlosen Kunststückchen zu begnügen.

Einige Zeit später flog sie auf ihrem Besenstiel davon: sie wollte die Welt kennenlernen. In einem fernen Land gefielen ihr die vielen ungewohnten Dinge: die kernlosen Weintrauben waren süßer als daheim, der Schnee weißer und weicher, die Menschen alle viel freundlicher, ursprünglicher und lebendiger. Und sie dachte, nie wieder würde sie zu ihrem Vater zurückkehren. Sie verzauberte einen jungen Mann in einen Esel, auf dem sie nach ihrem Belieben reiten konnte, und goldene Dukaten sollte er auch fallenlassen – aber immer öfter blieb der Esel einfach stehen, weder Schläge mit der Peitsche noch die saftigsten Kräuter vor seiner Nase brachten ihn vorwärts, und was unter seinem Schwanz herunterfiel waren keine Goldstücke. Und die Mutter des Mannes, von der Hexe in eine Kuh verwandelt, war schon zu alt, um noch genügend Milch zu geben. Die Hexe musste einsehen, dass die neue Welt so schön doch nicht war, wie sie zuerst geglaubt hatte, und ein bisschen kleinlaut kehrte sie ins Land ihres Vaters zurück.

Der alte Zauberer dachte, sie sei nun wohl etwas klüger geworden; er half ihr, sich ein kleines Haus einzurichten. Dort lebte sie und verhexte Menschen zu allerlei Vögeln, die sie in Käfigen hielt und verkaufte. Ihr Vater warnte sie: manche Vögel lernen sprechen. Eines Tages verzauberte sie einen Mann in einen bunten Papagei, der lauschte ihr ihre Zaubersprüche ab. Nicht lange, und er konnte noch besser zaubern als sie selbst. Da verzauberte der Papagei sie in eine graue Amsel, die den ganzen Tag Futter herbeischaffen und den Käfig sauber halten musste, und der Papagei putzte derweil sein Gefieder und erzählte sich Geschichten über seine eigene Schönheit und über das Land seiner Herkunft. Tag und Nacht flog die Amsel ein und aus, wurde mager, griesgrämig und streitsüchtig, und kaum fand sie genügend Regenwürmer. Hätte sie wenigstens manchmal schön geflötet! Aber sie war wirklich nur noch die Dienerin des Papageis. Sie war zur verzauberten Hexe geworden, verstrickt in ihr eigenes Garn, unfähig, sich zu befreien. Und man fragte den alten Zauberer, ob nicht ein Spruch von ihm den aufgeplusterten Papagei verscheuchen und seiner Tochter ihre Freiheit zurückgeben könne.

Er hätte wohl gerne geholfen. Aber er wusste genau, dass seine Tochter von niemandem Rat oder Hilfe annehmen würde. Und wenn er den Papagei verjagte, würde sie ihn danach nicht gleich wieder anlocken? Nein, seine Tochter hatte sich in ihren eigenen Netzen gefangen, nun sollte sie sehen, ob sie sich selbst befreien konnte oder darin zappeln musste bis ans Ende ihrer Tage. Sie hatte das allzu gefährliche Spiel nicht gelassen. Und er lehnte sich in seinem Sessel zurück und trank seinen Tee.

Nach einigen Jahren zähmte die junge Hexe sich einen Falken. Der verjagte den Papagei. Unnötig zu sagen, wie glücklich der alte Zauberer war.

# Der Zauberspiegel

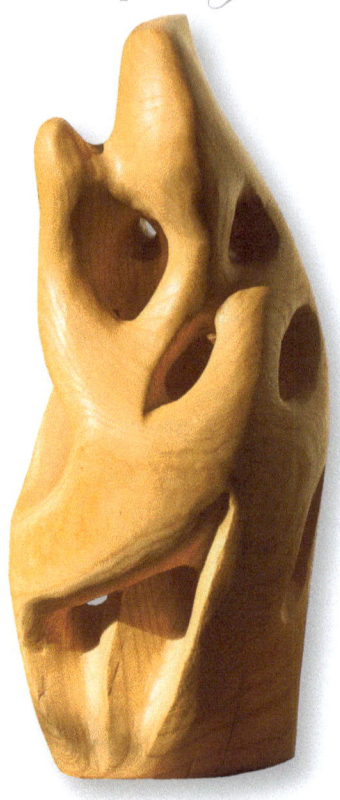

In einem reichen Land herrschte einst eine mächtige Königin. Alle wussten, dass sie schreckliche Dinge getan hatte – aber niemand wagte, davon zu sprechen, zu groß war die Furcht der Untertanen vor ihrer grausamen Rache.

Eines Tages gab die Königin ein Fest, und sie lud dazu nicht nur ihren Hofstaat, sondern auch Gäste aus fremden Ländern ein. Ein vornehmer Herr aus dem Morgenland brachte seine zwölfjährige Tochter mit. Die hatte von einer Fee einen Zauberspiegel erhalten; wer in den schaute, erblickte nicht nur sein eigenes Bild, das all seine Stärken und Schwächen vergrößert zeigte; er erschien auch den umstehenden Menschen als völlig nackt. Und mehr noch: Der Spiegel zeigte ihm auch deutlich die Stärken und Schwächen der Menschen seiner Umgebung.

Die Fee hatte das Mädchen ermahnt, nur dann in den Spiegel zu schauen, wenn sie allein wäre. Meist hatte das Kind sich daran gehalten. Einmal hatte sie eine Freundin in den Spiegel schauen lassen – da hatten die beiden nur zwei Gänschen gesehen.

In seiner Einfalt dachte das Mädchen, es wäre doch interessant, wenn sie den Spiegel mitnähme auf den Hofball, sie würde ihn in ihrem Täschchen gut verborgen halten. Aber als ein älterer Herr mit allzu schmeichlerischen Worten auf sie einredete, konnte sie sich nicht beherrschen. Sie schaute in den Spiegel – was für einen bösartigen Fuchs mit geiferndem Maul erblickte sie da! Vor Schreck schrie sie auf, der Mann erkannte die Ursache ihrer Bestürzung, doch er verbarg seine Gedanken. Er versprach ihr höchste Ehren und die schönsten Dinge, wenn sie mit ihm ginge zur Königin. Sie fürchtete sich, widerstrebte mit allen Kräften – es half ihr nichts, er schleppte sie vor den Thron.

„Majestät", sprach der Mann zu der Königin, „dieses Kind besitzt einen Spiegel von unschätzbarem Wert; er kann Ihnen helfen, die Menschen Ihrer Umgebung zu beurteilen. Je nach deren Charakter und Fähigkeiten werden Sie dann alle wichtigen Posten in Ihrem Reich mit den dafür geeigneten Leuten besetzen." Die Königin verlangte den Spiegel zu sehen, sie duldete keinen Widerspruch. Als sie hineinschaute, erblickte sie ein Ungeheuer – und die umstehenden Höflinge sahen es auch. Aber der Spiegel zeigte auch die Höflinge in vielerlei bösartigen Gestalten. Viele glaubten, die Königin werde den Spiegel zerbrechen und die Menschen, die sie darin gesehen hatten, bestrafen. Doch die Königin sagte ruhig: „Jawohl, so kann ich sein – aber das ist gut so, meine Untertanen sollen meine Macht fürchten, damit die Ordnung im Staat erhalten bleibt. Aber ich kann auch Gnade zeigen. Den Spiegel behalte ich – doch das Mädchen soll in einer abgeschlossenen Schule von weisen Männern erzogen werden. Die sollen es lehren, vorsichtig zu sein im Gebrauchen von Wahrheiten."

Der Vater des Mädchens protestierte dagegen, doch die Königin sagte: „Sei froh, dass du ein Fremder bist hier und den Schutz deines Landes genießt – meinen eigenen Untertanen gestatte ich nicht, ungeheuerliche Wahrheiten zu sehen oder zu sagen. Kehre zurück in deine Heimat und berichte dort, wie hier die Furcht vor der Macht die Ordnung im Staat erhält."

Die Königin glaubte, mit Hilfe des Spiegels die Beamten ihres Reiches gut auswählen und kontrollieren zu können. Aber ihre Untertanen merkten bald, wie da mit ihnen gespielt wurde. Wann immer sie in die Nähe der Königin kamen, setzten sie Masken auf; als das verboten wurde, verfeinerten sie ihre Masken immer mehr, so dass schließlich alle Macht des Spiegels nicht ausreichte, die darunter verborgenen Gesichter zu erkennen. Es gelang einem Höfling, die Königin zu täuschen und den Spiegel zu entwenden; als sie es bemerkte, blieb ihr nichts anderes übrig, als den Mann gewähren zu lassen. Damit konnte nun er Macht ausüben. Das tat er so listig, dass niemand, auch die Königin nicht, ihn herauszufordern wagte.

Die gute Fee, die einst dem Mädchen den Spiegel geschenkt hatte, hörte von dem Geschehen. Sie verwandelte sich in einen Vogel, flog in die Residenz, und im Garten des Machthabers ersetzte sie den Zauberspiegel durch ein ganz gewöhnliches Glas. Wenn er da hineinschaute, unterliefen ihm die übelsten Fehler – er besetzte die wichtigsten Ministerposten mit dummen und unfähigen Leuten. Es dauerte nicht lange, bis das bemerkt wurde – da verlor er die Macht. Doch nun war niemand mehr da, der mit außergewöhnlichem Geschick die besten Köpfe für wichtige Ämter auswählen konnte, und bald rissen im Reiche unerträgliche Zustände ein – nur selten gelangten wirklich fähige Leute auf wichtige Posten. Das Volk rebellierte – aber auch die Regierung des Volkes konnte oft nicht erkennen, wer für welches Amt am besten geeignet war. Man versuchte, durch allerlei Prüfungen fähige von unfähigen Menschen zu unterscheiden – manchmal gelang das, aber oft täuschte man sich über die wahre Natur von

Kandidaten, und dann geschahen unerfreuliche Dinge. Manche Irrtümer wurden offenbar und nach einiger Zeit korrigiert; aber manchmal dauerte das auch sehr lange. Allzu häufig kann das Volk einen wirklich fähigen Menschen nicht unterscheiden von einem anderen, der viele schöne, aber leere Worte ausstößt. Der Zauberspiegel, der zu solcher Erkenntnis befähigen würde, ist verloren. Zwar sendet die gute Fee Kundschafter aus, aber leider können oder wollen viele Menschen nicht verstehen, was die berichten. Und so ist es leider geblieben bis auf den heutigen Tag.

# Verzaubert

Es war einmal ein altes Ehepaar, das lebte in einem kleinen Haus mit einem kleinen Garten am Rande einer Stadt. Im Laufe von vielen Jahren hatten die Leute ihr Haus liebevoll eingerichtet, mit ausgesuchten Möbeln, Teppichen, Bildern und vielen Dingen, die sie schön fanden. Sie hatten Nachbarn, mit denen sie sich gut verstanden – manchmal besuchten sie die Nachbarn, manchmal kamen die zu ihnen.

Eines Tages verreisten die alten Leute. Sie sagten, sie wollten nicht allzu lange fort bleiben; aber auch nach vielen Monaten waren sie noch nicht zurück. Die Nachbarn gaben eine Vermisstenanzeige auf, man forschte nach ihnen an vielen Orten – nirgends eine Spur. Schließlich wurden die alten Leute für tot erklärt.

Kurz bevor die Erben zusammenkamen, um den Nachlass unter sich aufzuteilen, schaute ein Nachbar durch ein Fenster in das jetzt unbewohnte Haus. Da sah er zwei Meerschweinchen, die dort im Zimmer hin und her liefen und sich bemühten, alle Dinge aufs sorgfältigste zu pflegen. Sie fegten und wischten, putzten und scheuerten und bereiteten sich eine Mahlzeit, ganz so, wie die Besitzer es getan hatten. Verwundert schaute und lauschte der Nachbar. Da hörte er die Meerschweinchen sprechen: „Wenn wir alles richtig pflegen, vielleicht erkennen die Menschen dann doch, dass wir es sind, zurückgekehrt in dieser verwünschten Gestalt! Und wenn sie uns erkennen, vielleicht spricht uns dann jemand mit unseren Namen an. Dann wären wir erlöst, der Zauber gebrochen, wir dürften wieder als Menschen so leben, wie wir es gern möchten!"

Der Nachbar überlegte: War die Verzauberung ein Zeichen dafür, dass eine höhere Macht allzu kleinliches Denken der alten Leute hatte bloßstellen und bestrafen wollen? Durfte er weiter den neutralen Beobachter spielen, der sich nicht einmischte, oder musste er erlösend eingreifen? Er wusste, dass die Erben sich bald in dem Haus treffen wollten – so lange wollte er warten. Und als alle beisammen waren, ging er hin, erzählte, was er gesehen hatte und rief die Namen der alten Leute. Da kamen sie herbei – und wie verschieden reagierten die Menschen! Verlegen entschuldigten sich manche, gaben gewundene

Erklärungen; jemand sagte, dass ja alle einmal sterben müssten, und da hätte man eben geglaubt, das sei jetzt bei den Eltern geschehen. Und danach müsste das Leben ja weitergehen. Fürchteten sie, es könnten schwierige Aufgaben der Pflege auf sie zukommen? Aber es gab auch ein oder zwei, die gerührt und ohne Worte die alten Leute freudig umarmten und ihnen noch eine lange angenehme Lebenszeit in ihrem schönen Haus wünschten.

Der Nachbar, der die Tiere mit seinen freundlichen Worten erlöst hatte, beobachtete die Menschen – sahen einige von ihnen nicht fast schon aus wie gierige Aasgeier? Unauffällig zog er sich in sein eigenes Haus zurück.

# Drachen

Bei einem Dorf in einem fernen Land lag ein Wald, in dem lebten Drachen. Die Menschen fürchteten sie; manchmal wurde ein Mensch, der sich den Drachen zu sehr genähert hatte, gefressen. Es war üblich, gelegentlich Menschen zu opfern. Meistens verhielten die Drachen sich friedlich; mit Zauberkräften sorgten sie für das Auskommen der Menschen. Ab und zu brachten die den Drachen etwas Brot und Milch, sie vollführten ihnen zu Ehren heilige Tänze, und damit konnte man leben.

Eines Tages kamen Jäger ins Dorf. Sie prahlten mit ihren prächtigen Waffen, und sie lachten über die Torheit der Bauern. „Wieviel reicher könntet ihr sein, würdet ihr Brot und Milch verkaufen, statt sie den Drachen zu geben, und wie barbarisch sind eure Menschenopfer! Wir werden die Drachen erlegen, dann werdet ihr frei sein – ohne Angst sollt ihr leben, selig wie Götter!" Den Bauern war es unheimlich, aber die Jäger kümmerten sich nicht darum, und in langen und harten Kämpfen erlegten sie einen Drachen nach dem anderen: den Drachen Krankheit, der manchmal seinen ekligen Atem über das Land streichen ließ, den Drachen Mühsal, der sich wie schwere Bleigewichte auf die Menschen legte, den Drachen Hunger, der in den Eingeweiden fraß; ja sie versuchten sogar, die Drachen Unrecht und Streitsucht zu erlegen. Doch die konnten sie nur verwunden, immer von neuem kamen die zu Kräften, und dann verheerten sie das Land schlimmer als zuvor.

Die Jäger glaubten, die Drachen besiegt zu haben. Sie zogen davon. Als die Menschen scheinbar sorgenfrei lebten, vergaßen sie, dass früher die Plackerei und die Spiele zu Ehren der Drachen sie erfüllt hatten – sie begannen, sich zu langweilen. Doch in entlegenen Winkeln lagen die Eier der Drachen. Daraus würden Junge schlüpfen und heranwachsen, es war abzusehen, dass die Drachenbrut eines Tages über die Menschen hereinbrechen würde. Würde sie eine neue Gestalt annehmen? Die Ungewissheit darüber ängstigte mehr, als es die Furcht vor Bekanntem je getan hatte.

Nicht nur die Angst vor kommendem Unheil beunruhigte die Menschen. Ihnen fehlte der Zauber – die Drachen hatten sie zwar geängstigt, gleichzeitig aber auch bewirkt, dass sie ihren Alltag erfüllt empfanden von vielerlei Aufgaben; jetzt, da es nichts Drohendes mehr zu geben schien, breitete Langeweile und das Gefühl von Leere sich aus. Verängstigt fragte man ein Orakel. Das verlangte, Bilder der Erschlagenen aufzustellen und ihnen Opfer zu bringen. Welche Erschlagenen konnte das Orakel gemeint haben? Denkmale für Menschen schützten nicht vor neuen Gefahren. Jemand schlug vor, nahe dem Drachenwald ein Gerüst zu errichten und darin ein Bild des größten und schrecklichsten Drachens aufzustellen. Weiß leuchteten die Zähne aus dem offenen Maul, dem sich eine lange gespaltene Zunge entwand. Die das Gesicht bedeckenden Schuppen liefen in spitze Stacheln aus. Riesig rollten auf den gewaltigen Augäpfeln schwarze Pupillen. Ins Maul dieses Drachenbilds hinein fuhr ein Wagen wie ein Geschoss, auf ihm festgeschnallt saßen Männer und Frauen. Es sah aus, als würden sie von dem Untier verschlungen. Sie kreischten dabei vor Angst und auch vor Lust. Indem sie sich von dem Abbild des Drachens verschlingen ließen, glaubten die Menschen, wieder den Schauder des Glücks zu fühlen, das ihre Vorfahren empfunden hatten, als sie ihr Leben riskierten im Angesicht drohender Gefahren. Immer mehr Menschen suchten diesen Schauder in der Begegnung mit Bildern des Schreckens. Mit Wohlgefallen sah die Obrigkeit, wie die Leute reale Nöte vergaßen und sich phantastischen Unwirklichkeiten ergaben. Viele Orte legten Parks an mit vielerlei Bildern von gefährlichen Wesen. Die Menschen kamen in Scharen – was sie dort suchten und fanden, nannten sie Vergnügen.

Manche Menschen versuchten, ihr Leben besser zu erfüllen – sie schufen die verschiedensten Bilder. Indem sie sich verzehrten in der Hingabe an diese Aufgabe, näherten sie sich, so weit sie es vermochten, einem Zustand, der ihnen als Glück erschien. Aber manchmal beschlich auch sie die Angst; niemand wusste, wann die Brut der Drachen hereinbrechen würde über alles Lebendige. Welche und wie viele Opfer würden sie verlangen? Würde man die davongezogenen Jäger zurückrufen können? Oder würde es gelingen, die neuen Drachen durch neue Formen der Verehrung zu besänftigen? Zwar lebten die Menschen im Wohlstand, und doch fühlten sie sich unsicher, bedrückt von unklarer Angst.

# 6. Im Museum

# Wirtshaus „zum Engel"

„Verdammte Scheiße!" sagte der Engel – und sogleich erschrak er, weil ein Engel so etwas ja nicht sagen soll. Es war aber auch zu ärgerlich: ordnungsgemäß hatte er den Matthes, seinen Schutzbefohlenen, am Abend ins Wirtshaus begleitet; und der Matthes, dieser Idiot, hatte alle Warnungen seines Schutzengels in den Wind geschlagen und sich nach dem zehnten Bier noch auf eine Runde Würfelspiel eingelassen. Natürlich hatte er verloren. Sein Schutzengel hatte hinter ihm gestanden und vor Wut gezittert, schließlich einen starken Schluck aus Matthes' Bierglas genommen und dann dem Würfel einen Schubs gegeben, so dass der auf einer Sechs liegen blieb. Verblüfft hatte der Matthes auf seinen Gewinn gestarrt, er konnte es kaum fassen. Seine Kumpel hatten gejohlt und nach dem Würfel gegriffen; dabei hatte einer die unsichtbare Hand des Engels zu packen gekriegt. „Du verfluchter Gauner!" hatte der geschrien – muss sich ein Engel so etwas bieten lassen? Er hatte ihm eine gescheuert, so kräftig, dass er plötzlich seine eigenen Fingerspitzen nicht mehr spürte. Das verstieß gegen alle Richtlinien für das Verhalten von Engeln in der Öffentlichkeit und hatte zur Folge, dass er im gleichen Augenblick sichtbar wurde – seine sanften braunen Locken,

sein Mädchenhaftes Gesicht, seine goldenen Flügel, sein goldgesäumtes grünes Wams über dem roten Untergewand. Fassungslos hatte die Runde der Trink-Kumpane ihn angestarrt – und ehe er sich versah, fühlte er sich an den Flügeln gepackt. Goldene Federn gerieten in Unordnung, spalteten sich, knickten ab – wie entkommen aus der entwürdigenden Situation? Vergebens stellte er den linken Fuß zurück und den rechten vor, wippte in seinen goldenen Stiefelchen und versuchte, mit einem geschickten Judo-Wurf seine Gegner abzuschütteln – umsonst, sie hielten ihn fest, genau so wie sein Verschulden, das als unsichtbare Fessel an ihm haftete.

In der Grundausbildung für diensthabende Schutzengel hieß es: „Im äußersten Notfall kann ein Engel durch Preisgabe seines Abbilds seine Freiheit erkaufen." Furchtbar, es blieb ihm wirklich keine andere Wahl mehr – und schon hatte auch der Wirt einen Fotoapparat in der Hand und bannte den Engel in seinem jämmerlichen Zustand aufs Zelluloid. Und richtig – der Blitz des Geräts ließ den wahren Engel verschwinden.

„Verdammte Scheiße, die Kerle haben mein Bild", ächzte der Engel. Das bedeutete Suspendierung vom Dienst und Verlust der Pensionsberechtigung. Schlimm genug. Aber noch schlimmer war, dass sie in der Wirtschaft nach dem Foto eine Holzfigur anfertigen ließen, etwa drei Fuß hoch, sie in eine Art hölzernen Fensterrahmen mit ein paar geschnörkelten Verzierungen stellten und sie über die Wirtshaustür hängten. Es sah aus, als schwanke der Engel angetrunken aus der Kneipe, mit abgebrochenem Arm, Fingern und Fußspitzen, wobei sein sanftes, etwas dümmliches Gesicht nur verriet, dass er selbst nicht mehr wusste, ob er Männlein oder Weiblein war. Schrecklich! Alle anderen Engel mussten jegliche Achtung vor ihm verlieren, ihm selbst war der Anblick seines Abbilds unerträglich, und dies verfluchte Ding lockte Menschen in die lasterhafte Kneipe! Der Engel schämte sich so sehr, dass er verschied. Aber seine Holzfigur hing lange vor dem Wirtshaus, und noch heute kann man sie sehen im Museum der Stadt Villingen.

# Die Truhe

Hier stand es, das prächtigste Hochzeitsgeschenk; bei einem kunstreichen Meister zu Basel hatte der Bräutigam es fertigen lassen für seine Braut. Eine kleine Truhe, etwa zwei Fuß lang, einen tief und einen hoch. Wie kunstvoll hatte der Schnitzer grazile Reliefs aus Lindenholz geschnitten! Bei einem gotischen Bogengang ein Ritter; an einem Brunnen, von dem nach zwei Seiten Tierköpfe durstig ins Becken schauen, spielt er die Panflöte, während eine Schlange sich spiralig die Spitze hochwindet; gegenüber die Dame, deren weites Gewand sich in vielen Falten bauscht. Sie schlägt die Laute und schaut verlangend hinüber zu ihm. Auf der Rückseite ein Liebesgarten; herzförmige Blätter drängen aufeinander zu. Bei ihm, der eine Zither schlägt, ein Tier, halb Löwe, halb Greif; bei der geigenden Dame ein Einhorn, und über ihr im Geäst zwei Vögel. Auf der Oberseite eine befestigte südliche Stadt: weit geöffnete Tore sprechen von Erfüllung, in einem Zelt schläft der König – eine Frau zieht den Mantel von ihm, eine andere – oder ist es dieselbe? – erhebt ein Schwert, Judith und Holofernes. Überdeutlich die Stirnseiten: im Garten pflückt die Frau längliche lustverheißende Früchte vom Baum der Erkenntnis, und der Ritter greift liebkosend in üppiges Laub.

Den Bräutigam führten Geschäftsreisen nach Basel. Wie die anderen fünfzehn reichen Familien der Stadt auch handelte er mit Getreide und Flachs, Wolle und Leder, Tuchen und Seilen, gelegentlich mit Farben, Gewürzen und Wein. Die „ehrsamen Müßiggänger" lebten geruhsam, besprachen ausgiebig die Geschäfte, vertrieben sich die Zeit mit Spielen, Musik und Festen. Welch schöne Abwechslung, wenn an Markttagen allerlei Gaukler in die Stadt kamen, oder wenn fahrende Spielleute von fernen Ländern erzählten!

Eine Hochzeit in einer reichen Familie – welch ein Ereignis! Die Stadt nahm Anteil, bewunderte die Braut in ihrem Schmuck, ließ sich vom Gesinde hundert mal erzählen, wer mit welchen Geschenken Ehre eingelegt oder sich knauserig gezeigt hatte. Eine schön geschnitzte Truhe würde in der guten Stube generationenlang künden vom Reichtum der Familie. Nach dem, was man zeigen konnte, bemaß sich das Ansehen.

Lange bewahrte man Truhe und Brautschmuck als wertvolle Erbstücke. Die Urenkelin hatte zu viele Geschwister; als zwölfjähriges Mädchen wurde sie im Kloster versorgt. Man nahm sie bereitwillig auf; doch auch wer dem Himmel angetraut wird, darf nicht mit leeren Händen kommen. Urkunden regelten ihre Mitgift an Grundbesitz; in der alten Truhe übergab der Vater die Papiere. Die Äbtissin interessierte sich zunächst für den Inhalt. Erst bei genauerem Hinsehen erkannte sie, welche Sinnesfreuden die Schnitzereien darstellten. Sofort trug sie die Truhe in ihr eigenes Zimmer: der Anblick dessen, was der junge Mann und die junge Frau da von den Bäumen pflücken, könnte die Phantasie ihrer Klosterschwestern allzusehr erhitzen.

Aber es ergab sich doch, dass die Äbtissin mit der einen oder anderen Nonne etwas zu besprechen hatte. Bei den ersten dieser Besprechungen hatten die frommen Schwestern die Truhe nicht beachtet, und gerade weil sie offen zur Schau standen, blieben die verfänglichen Darstellungen unentdeckt. Eines Tages aber, während eine Nonne etwas mit der Äbtissin besprach, strahlte die Sonne durchs Fenster auf den geschnitzten Garten; Licht und Schatten ließen die länglichen Früchte deutlich hervortreten. Mitten im Gespräch errötete die noch junge Ordensfrau. Sie versuchte, nicht zu den Schnitzereien zu schauen, aber ihr Blick hatte sich festgebissen wie ein Fisch am Angelhaken. Vergebens mühte sie sich, die Worte der Oberin genau zu erfassen – wie der wandernde Sonnenstrahl die schlanken Glieder liebkoste, hätte auch ihr Blick dort gerne länger geruht. Indem sie versuchte, ihre Erregung zu verbergen, antwortete sie konfus. Die Oberin erriet sehr wohl die Ursache dieser Zerfahrenheit. Aber sie mochte die Schwester darauf nicht ansprechen; sie hielt es für das Klügste, nach wenigen Minuten das Gespräch zu beenden.

Die junge Nonne konnte nicht in sich verschließen, was sie gesehen hatte, sie erzählte es ihrer Vertrauten. Die hätte auch gerne einen Blick auf die verbotenen Früchte erhascht. Sie legte der Oberin nahe, sie zu einem Gespräch in ihr Zimmer zu bitten, doch die Oberin zog es vor, mit allen gemeinsam im Refektorium zu sprechen.

In der Einsamkeit der Klosterzellen spannen die Gedanken sich weiter. Nicht einmal während der Andachten in der Kirche wurden die Schwestern davon verschont – zeigten nicht auch die geschnitzten Engelsputten üppig quellendes Fleisch? Der Beichtvater erlegte Bußen auf, doch auch das erlöste sie nicht. Verstört irrten sie nachts in langen weißen Gewändern durch die Korridore, suchten Kühlung im Garten.

Weitere Nonnen erfuhren von den Darstellungen der Liebe auf der Truhe. Auch sie begannen, nachts durch Kloster und Garten zu geistern, es konnte der Oberin nicht verborgen bleiben. Sollte sie versuchen, es zu verbieten? Sie war zu klug und wusste, dass es aussichtslos wäre. Aber vielleicht ließ es sich lenken? Wie, wenn sie selbst nächtliche Reigen im Garten ordnete und führte? War sie selbst denn frei von dem Verlangen, ihr Herz zu öffnen für Flöten- und Lautenspiel? Wäre es nicht auch für sie eine Freude, einen anderen Körper im Tanze zu wiegen? Die Truhe hatte sie vorsichtshalber in ihrem großen Schrank verstaut.

Die Chronik des Klosters berichtet: „Hinter dem Kloster zog sich ein Laubengang gegen die Befestigungsanlagen hin. Hier pflegten die Klosterfrauen zur Sommerzeit spazieren zu gehen. Den Wächtern der Stadt bot sich dort des Nachts ein wundersamer Anblick: sie sahen schöne, edle Jungfräulein in großer Zahl, schneeweiß gekleidet, und sie trugen nach jungfräulicher Sitte grüne, schön gezierte Kränzlein in den Haaren. In feiner Ordnung gingen sie die Laube auf und ab, die Wächter und andere Personen hörten öfters zur Mitternacht lieblichen Gesang, als ob die Frauen die Metten sängen. Darob verwunderten sie sich sehr, denn die Frauen verrichteten weder feierliche Tageszeiten noch nächtlichen Gottesdienst."

Die Erscheinungen wurden bekannt und riefen Verwunderung hervor. Befragt, sagten die Klosterfrauen, sie wüssten von nichts. Die Stadt aber begehrte, dass das Kloster in ein geschlossenes Haus umgewandelt würde. Später, als die Ringmauer gebaut wurde, musste die Laube entfernt werden.

Die Schwestern genossen den Ruf, stets mustergültig ihrer klösterlichen Zucht zu leben. Niemand ahnte, was im Kloster versteckt war. Dicke Mauern versprachen, das Geheimnis auf immer zu bewahren.

Aber wenn sie allein war, schaute die Äbtissin in den sonst verschlossenen Schrank. Mitunter, an sonnigen Tagen, holte sie die Truhe gar hervor und stellte sie so, dass das Licht die eine oder andere Szene liebkoste. Selbstverständlich konnte die Äbtissin solche Blicke nur wagen, wenn sie ihr Zimmer sorgfältig verriegelt hatte.

Jahre vergingen, Jahrzehnte und Jahrhunderte. Wenn eine Äbtissin ihr Ende nahen fühlte, erzählte sie der auserkorenen Nachfolgerin von der Truhe und den Verlockungen, die von ihr ausgingen, und sie ermahnte sie, sie versteckt zu halten. Generationen von Klosterfrauen sanken ins Grab, ohne von der Truhe gehört zu haben.

Doch eines Tages wurde das Kloster tiefgreifenden Reformen unterzogen, ein Teil seiner Kunstschätze wurde der Stadt vermacht. Heute steht die Truhe im Museum, an einer Stelle, wo der flüchtige Blick leicht über sie hinweggleitet, ohne sie zu bemerken. Vor Sonnenstrahlen ist sie geschützt. Nur wer genauer hinschaut, entdeckt, welche Freuden der Liebe auf ihr angedeutet sind.

# Die Halsgeige

„Na, wie schmecken dir Halsring und Armbänder aus Eisen? Machen sie das Holz der Geige schön glatt und recht schwer? Nun fidel uns mal ein hübsches Liedchen! Wird dir auch warm dabei?"

So verhöhnten Vorübergehende die Frau, die an der belebten Kreuzung auf dem Boden hockte, angekettet, ein Hindernis im Weg der Passanten, um Hals und Handgelenke ein dickes Brett, dessen Ränder eingefasst waren von grauem Eisen, aus dem bucklige Nieten herausstanden. Tausend Sticheleien ergossen sich über sie wie Kübel kalten Wassers vom nahen Brunnen, und Bosheiten schwammen darin wie zappelnde kleine Fische, die an ihr herunterglitschten, ihre Schleimspur hinterließen und stinkend zu ihren Füßen lagen, wo Katzen und Vögel an ihnen fraßen. Die Halsgeige drückte, die Scham noch mehr. Schweißtropfen liefen ihr am Gesicht herab, Fliegen krabbelten auf ihrer Haut, mit den fest geschlossenen Händen konnte sie sie nicht verscheuchen. Die Sonnenwärme des Herbsttags brannte wie flammende Schande.

Vor acht Wochen war der Josef, ihr Mann, wieder einmal stockbesoffen nach Hause gekommen, spät in der Nacht. Sie hatte ihn nicht ins Haus gelassen, in einem Schopf an der Mauer musste er seinen Rausch ausschlafen. Am nächsten Mittag trat er ins Haus, rülpsend, furzend und hungrig, und gleich gab es Streit; da hatte sie ihm das Nudelholz so kräftig auf den Kopf geschlagen, dass er wie ein nasser Sack in die Knie ging. Die Magd holte den Bader; der ließ den Josef zur Ader und wickelte ihm einen kalten Verband um den Kopf. Die Frau schalt den Bader einen blöden Idioten, der sich jetzt wichtig aufspiele und sonst allzu oft zur Lumperei hielt. Wütend verlangte der Mann seinen Lohn; Frau Katharina sagte, das werde der Josef schon selber regeln, wenn er wiederhergestellt sei. Aber auch nach einer Woche stand der Josef nicht wieder auf, ihm blitzten tausend Sterne im Kopf. Er konnte nicht mehr schaffen, es kam kein Geld ins Haus. Sie hatten Schulden, die Gläubiger drängten. Vor ihrem Haus standen sie und verlangten Einlass; sie schüttete das Nachtgeschirr nach ihnen aus und einen Schwall böser Worte dazu.

Vor Gericht war sie trotzig – hatte sie nicht lange genug ihren Josef ermahnt?

Der faule Haderlump war keinen Pfifferling wert; einer hatte ihm zehn Gulden geliehen, ein anderer zwanzig, ein dritter gar fünfzig – Halsabschneider waren sie alle, die jetzt ihr Geld zurück wollten, Halunken, die in Wirtshäusern soffen und spielten und ihre Frauen trockenes Brot nagen ließen. Sie keifte und fluchte; alle Männer, die in Wirtshäuser gingen, waren in ihren Augen Halunken. Der Richter ermahnte sie zur Ruhe und drohte mit dem Schuldturm; sie schrie, einen solch hartherzigen Schurken wie ihn müsste man auspeitschen. Da wurde es dem Richter zu bunt: in der Halsgeige sollte sie den richtigen Umgangston lernen.

Nun saß sie da, Tochter eines angesehenen Meisters, gebrochen, die Augen auf den Boden geheftet, von allen verspottet. Eigenwillig hatte sie darauf bestanden, den Josef zu heiraten, obwohl ihre Eltern das nicht wollten. Ihr Vater hatte sie verstoßen deswegen, aber stolz hatte sie die Zähne zusammengebissen und zu Josef gehalten, auch als es längst klar war, wie wenig der taugte. Jahrelang hatte sie Demütigungen geschluckt und versucht, Josef auf einen besseren Weg zu führen. Dann war all die angestaute Wut aus ihr herausgebrochen. Sie brütete vor sich hin, angekettet in der Sonne über ihrem eigenen Kot und Urin, Fliegen und böse Worte klebten an ihr. Jeder in der Stadt kannte sie. Vergessen, dass sie sich jahrelang bemüht hatte, bei dem geringen Lohn und dem Suff ihres Josef die Wirtschaft zusammenzuhalten. Die wenigen Leute, die vielleicht Mitleid mit ihr hatten, zeigten es nicht – allzu laut war der Hohn der Spottsüchtigen.

Nach dem Abendläuten schloss der Büttel sie los. Es war Oktober; sie zitterte vor Kälte und Scham, ihre steif gewordenen Arme konnte sie kaum bewegen. mühsam schleppte sie sich nach Hause, sank in ihr Bett. Die Suppe, die die Magd ihr hinschob, rührte sie nicht an.

Der Josef war fortgegangen; er hatte gesagt, zu Freunden in der Nachbarstadt, fünf Fußstunden entfernt. Niemand wusste, wann er zurückkommen wollte.

Katharina aß auch an den nächsten Tagen keinen Bissen. Sie blieb im Bett. Ihre Schwester versuchte, sie aufzurichten – Katharina drehte sich zur Wand und sprach kein Wort. Nach einer Woche fieberte sie und redete wirres Zeug. Drei Wochen später war sie tot.

Die Halsgeige kann man noch sehen im Villinger Museum. Es heißt, dass darin zänkische Weiber dem öffentlichen Gespött ausgesetzt wurden.

# Des Magiers Fluch

„Er hat mich verflucht, er hat mich verflucht" murmelte der Komtur. „Nie darf ich froh mit den Fröhlichen sein, einsam soll ich leben und sterben, von allen gemieden."

Schwermütig blickte der vornehme Herr. Seine Gestalt und sein Gesicht waren frisch, trotz seiner sechzig Jahre, das dunkelblonde Haar zwar an den Schläfen gelichtet, doch von keinem grauen Faden durchzogen. Energisch der Bart auf Kinn und Oberlippe – doch in den dunkelblauen Augen nistete unsagbare Trauer.

„Was fehlt Euch, edler Herr?"

Seine Linke umfaßt den reich verzierten Goldgriff seines Degens; lässig hält die Rechte die eleganten braunen Lederhandschuhe. Matt schimmert das schwere Silber der barock geschwungenen Gürtelschnallen. Wie reich und fein die weißen Spitzenmanschetten auf dem schwarzen Habit! Steif die weiße Halskrause. Das weiße achteckige Kreuz des Johanniter-Ordens hebt sich kantig ab vom schwarzen Tuch.

„Er hat mich verflucht." Müde und traurig, kaum hörbar murmelt er die Worte.

„Weshalb denn? Ihr seht aus wie ein guter Herr!"

„Ich habe mich bemüht, ein guter Herr zu sein. Treu habe ich meinem Orden gedient. Wie es die Regel befiehlt, lebte ich Jahre auf Malta. Und als Ritter fuhr ich mit auf den Galeeren. Sträflinge ruderten – das war so üblich. Wir Ritter fragten nicht, warum man sie verurteilt hatte. Einer der Männer fiel mir auf. Intelligent sah er aus; er war noch jung. Ich sprach ihn italienisch an, er antwortete deutsch. Er sagte, als fahrender Scholar sei er in Neapel in Händel verstrickt worden. Ehe er wusste, wie ihm geschah, hatte man ihn überwältigt und ihn an die Ruderbank geschmiedet. Ich sorgte dafür, dass er frei kam. In Palermo ließ man ihn laufen, und ich vergaß ihn.

Viele Jahre vergingen, ich tat Kurierdienste für meinen Orden. In Deutschland brach der große Krieg aus. Die katholische Sache schien zu siegen. Als ich achtundfünfzig war, schickte der Orden mich nach Villingen – wir besa-

ßen in der Gegend einige Dörfer. Als Komtur sollte ich Vorstand sein für eine Kommende von etwa zwölf bis zwanzig Rittern. Wir verwalteten unsere Güter, und wer zu uns kam, wurde gepflegt an Körper, Geist und Seele.

Ich war noch nicht lange hier, da machte am Bodensee ein Schwarzkünstler von sich reden. In Gläsern schüttete er Elemente zusammen, dass Gestank, Feuer und Rauch entwichen. Er deutete die Sterne, und aus der Hand las er den Leuten ihre Vergangenheit und ihre Zukunft.

In Geisingen steckte der Magistrat ihn in den Turm. Man rief den Abt Gaiser von den Benediktinern und mich, ihn peinlich zu befragen. Ich erkannte in ihm den Mann, den ich von der Galeere befreit hatte. Auf den Märkten und an den Universitäten Italiens hatte er allerlei neue Lehren gehört – ein Galilei glaubte, die Irrlehre des Kopernikus beweisen zu können, wonach die Erde sich um die Sonne dreht. Der Magier Antonius von dem Einhorn – so nannte er sich jetzt – beschwor die Geister, ließ die Seelen Verstorbener erscheinen und verkündete, bald würden Pestilenz und schreckliche Kriegsgreuel alle deutschen Lande heimsuchen. Er war verstockt und meinte, wir wollten nicht sehen, was doch klar vor aller Augen lag.

Was er lehrte verwirrte das Volk. Mit der Folter drangen wir in ihn, den Werken des Teufels abzuschwören. Er wagte es, uns für verblendet zu halten – uns, die wir doch die allgemein anerkannten Lehren der Heiligen Kirche vertraten! Solche Ketzerei verdiente nichts anderes als den Scheiterhaufen. Am 4. September 1624 wurde er in Geisingen verbrannt. Aber bevor er starb verfluchte er mich: Nie wieder sollte ich froh mit den Fröhlichen sein, stets sollte sein Bild mir flammend vor Augen stehen, mich mahnen, dass auch ich einst würde brennen müssen in ewiger Verdammnis.

Ich wollte ihn vergessen. Für mein Amt war ich unermüdlich unterwegs, besserte hier, ermahnte dort, gab gute Ratschläge. Nur wenn es sich gar nicht vermeiden ließ, ging ich zu den anderen in Villingen ansässigen Rittern in die Herrenstube. Es wurde selten, dass Gäste zu uns in die Kommende kamen, und auch dann blieben sie nicht lange. Beklagenswert war der Zustand unserer fast verfallenden Kirche – ich stiftete viel Geld aus meinem privaten Vermögen, wir bauten einen Chorraum, ließen schöne Bilder malen, kauften eine gute

Orgel, ich sorgte für den Unterhalt der Geistlichen. Aber alles mochte nicht fruchten, die Menschen mieden uns. Wir arbeiteten, studierten und lehrten – aber es lag kein Segen darauf. Wie der Dichter Martin Opitz sagt:

> Wozu dienet das Studieren
> Als zu lauter Ungemach?
> Unterdessen läuft der Bach
> Unsers Lebens, das wir führen,
> Ehe wir es innewerden,
> Auf sein letztes Ende hin;
> Dann kommt ohne Geist und Sinn
> Dieses alles in die Erden.

Ich wollte ein guter Mensch sein. Nach den Gedanken meiner Zeit lebte ich, wie die Kirche es lehrte. Der Magier hat mich verflucht."

Und noch heute schaut der Komtur Dietrich Rollmann von Dattenberg mit unendlich traurigem Blick aus seinem düsteren Bild. Er starb im April 1632, sechsundsechzig Jahre alt. Bei seiner Beerdigung folgten außer dem Abt Gaiser nur ganz wenige Brüder seinem Sarg. Neun Monate nach seinem Tod wurde Villingen von den Schweden belagert; die Stadt widerstand, doch in der Gegend wüteten die Schrecken des Krieges.

Herr von Dattenberg war der letzte seines Geschlechts. Nach ihm gab es in Villingen mehr als fünfzig Jahre lang keinen Komtur der Johanniter. Etwa 150 Jahre nach seinem Tod wurde die Kommende aufgelöst. Die Kirche wurde zur evangelischen Stadtkirche Villingens.

# Eine Hexe?

„Schrecklich! Aber die Zeiten sind hoffentlich für immer vorbei, Gott sei Dank!" sagte jemand vor einem Schaukästchen im Museum. Dort stellt eine fußhohe Figur eine Frau auf einem Holzstoß dar, Flammen lecken züngelnd an ihr hoch. Zwischen 1550 und 1750 wurden in dieser Stadt mehr als vierzig Hexen verbrannt. Grausig das Schicksal von drei Schwestern im Jahre 1640; auch der Mann der Jüngsten, ein Handwerksmeister und Ratsherr, wurde wegen angeblicher Hexerei enthauptet.

Für immer vorbei? Waren die Judenmorde der Nazis weniger schlimm als die Hexenverbrennungen? Eine Geschichte fiel mir ein, die ein Bekannter mir vor wenigen Jahren erzählte:

„Ich wuchs auf in einem kleinen Städtchen am Rhein; Handwerker und Ackerbürger die meisten Leute. Jeder kannte jeden. Nur über eine alte Frau wusste man so gut wie nichts. Vor einiger Zeit war sie zugezogen, sie sprach nicht wie die Leute von dort. Mit niemand war sie öfters und länger zusammen. Stets murmelte sie allerlei kaum verständliche Worte vor sich hin. In ihrem kleinen Häuschen hatte sie eine Menge Katzen, mit denen redete sie, als wären es ihre Kinder.

Zwei junge Kerle aus unserer Clique von Konfirmanden wollten mehr über die einsame Alte auskundschaften. Im Dunkel eines frühen Abends schlichen sie unter ihr Fenster; mit einem Spiegel schauten sie in die Küche. Im Fernseher flimmerten Bilder. Die Alte rührte in einem Kochtopf, Dampf stieg auf. Drei Katzen strichen um ihre Beine, reckten sich schnuppernd hoch, eine sprang auf den Tisch. Dann machte einer mit dem Spiegel eine ungeschickte Bewegung, ein Lichtblitz durchzuckte den Raum. Die Alte fuhr herum, raste zum Fenster, keifte wüste Worte. Der Spiegel zersplitterte am Boden. Einer der Kerle trat im Weglaufen in ein Loch in der Straße und schlug der Länge nach hin, ein anderer rannte einem Radfahrer in den Weg, der ohne Licht daherkam – mit Getöse stürzte das Fahrrad, laute Flüche, beinahe eine Keilerei – Schuld an allem war für die Leute die Hexe.

Ein paar Kinder waren erkrankt, die Ärzte hatten allerlei Medikamente verordnet – kein Mittel der modernen Medizin half. Verzweifelt hatte ein Elternpaar sich an einen Wunderheiler gewandt. Der hatte im Kreis um das Kind herum Glaskugeln und Kerzen aufgestellt, gekreuzte Knöchelchen und bizarre Wurzelgebilde auf Schalen aus verschiedenen Metallen, seine Fingerspitzen dem Kind an die Schläfen gehalten und meditiert – dann hatte er verkündet, dem Kind könne geholfen werden, wenn man eine silberne Gabel und ein silbernes Messer kreuzweise unter sein Kissen lege. Die Eltern hatten den Mann teuer bezahlt und den Zauber probiert. Nachdem das Kind drei Nächte auf dem gekreuzten Besteck geschlafen hatte, hatte sich der Zustand gebessert, und nach nochmals drei Tagen war es gesund. Auch die anderen Kinder, deren Eltern es nachtaten, wurden geheilt.

In dem kleinen Städtchen besprach man das Geschehen. Bald darauf wurde die Kuh von der Grete krank. Wann immer man der Grete begegnete, stets roch sie nach Kuh und nach Stall. Sie wohnte ein paar Häuser neben der einsamen Alten. Als sie am Abend noch einmal in ihren Stall ging, sah sie, wie dort eine Katze mit hochgerecktem Schwanz enge Kreise um ihre Kuh zog. Wütend warf sie einen Besen und traf die Katze am Kopf. Mit einem lauten Schrei und einem großen Satz sprang die Katze zum offenen Fenster hinaus. Als Grete am nächsten Morgen aus dem Fenster schaute, ging die einsame Alte vorbei – und um den Kopf trug sie einen dicken Verband. In dem Geschäft, wo sie ihre paar Lebensmittel kaufte, erzählte sie, sie sei gestürzt und mit dem Kopf gegen die Heizung geschlagen – niemand glaubte ihr. Die Leute steckten die Köpfe zusammen und tuschelten und blickten hinüber zu dem kleinen Haus, scheu, misstrauisch und wütend – und wenn die Alte sich näherte, ging man auseinander und sprach nicht mit ihr. Hatte sie nicht jene Kinder öfters so seltsam angeschaut und dabei unverständliche Worte gemurmelt? War die Alte eine Hexe? Man fragte den Pfarrer. Der meinte, Gott in seiner Weisheit würde es wohl wissen. Jemand schlug vor, die höheren Mächte entscheiden zu lassen. Ein Zeichen sollte uns helfen. Wir Konfirmanden wollten Gott fragen.

Als an einem warmen Frühlingstag überall Fenster und Türen offen standen, fing ein Mädchen eine der Katzen der Alten und steckte sie in einen Sack.

Die jungen Kerle, denen es mit dem Spiegel schlecht ergangen war, warteten in einem Schopf in der Nähe. Sie banden der Katze eine dicke Schicht Filz und Werg auf den Rücken und tränkten das Zeug mit Benzin. Nah bei der offenen Haustür der Alten zündete einer die Katze an und ließ sie laufen.

Als lebendige Fackel rannte sie ins Haus. Wir warteten. Nach ein paar Minuten hörten wir Schreie und sahen Rauch. Dann raste die Alte heraus, schlug um sich, wälzte sich am Boden und versuchte, die Flammen an ihren Kleidern zu ersticken. Und sie schrie und schrie…

Die Ärzte brachten sie durch im Krankenhaus. Eine Brandursache wurde nicht gefunden. Die Versicherung zahlte, und die Alte fand einen Platz im Pflegeheim der Kreisstadt. Sie erzählte, ihre Katzen hätten sich wohl selbst retten können, bis auf eine, die vermisste sie sehr."

Der junge Mann schwieg. Dann sagte er noch: „Jede Katze, die ich sehe, erinnert mich an jenen Frühlingsabend, an das brennende kleine Haus und die brennende alte Frau. Es ist noch nicht so lange her."

#  Ein Stein

Wie ein Donnerkeil kauert der Kobold im Kalk. Überlang Kopf und Bart, keine Spur eines Körpers. Plump sind die kurzen Beine; zwischen nackten Füßen eine Schale, wie zum Auffangen des Wassers, wenn er es lässt. Unter der hohen Stirn mit der Glatze gewölbte Brauen, große Augen über breiten Backen; unter der langen Nase ein grausamer Mund, flach in den Winkeln, gefletschte Zähne. Vom Kinn zieht der Knebelbart nieder, diagonal mit Riemen durchflochten, über der Mitte des Leibs von den Händen gehalten. Wie Wellen umspielen Haarlocken seitlich das Haupt.

Wer ist dieser Dämon? Wo kommt er her?

Man sagt, über dem Portale des Münsters habe er einst gehangen. Mag sein – aber als das Münster erbaut wurde, war diese Gestalt gewiss schon Jahrhunderte alt. Indem die Bauleute diesen Stein einfügten, nahmen sie Heidnisches auf, gliederten es ein in die damals noch nicht so lange christianisierte Welt. Ich denke es mir so:

Kelten und später auch Germanen verehrten Naturgottheiten, oftmals an heiligen Quellen. Umgeben von uralten Bäumen, mag an einem Ort, wo Wasser aus dem Boden kam, diese Figur gestanden haben. Zwischen den Füßen, Symbolen des Wanderns, die Schale, die das vom unsichtbaren Körper abgegebene Wasser auffing. Unsichtbar der Körper, weil er hinter dem Stein alles Land umfasst, aus dem die Quelle sich nährt – wie kräftig sind doch die starken Zähne des Gesichts! Und mit diesen Zähnen bedroht es auch Frevler, die seinen Bereich verunreinigen könnten. Der Bart ist gebunden – möge kein unkontrollierter Strom sich verheerend über das Land ergießen! Zärtlich behüten die nur angedeuteten Hände die Stelle, wo das Wasser den Leib verlässt. Und doch zeigen Haarwellen an den Seiten des Kopfes, dass die strömende Kraft nie versiegen möge.

Vielleicht haben die Münsterbauleute den Stein anders gedeutet. Ob er als heidnische Gottheit gedacht war, bleibt auf immer ein Rätsel.

*Copyright by Wolfgang Tribukait*
*Villingen-Schwenningen 2016, Hochkopfweg 21*
*Alle Rechte vorbehalten.*
*Buchdesign, Typographie: MacSchreiber, Satz: Hanno Schreiber,*
*Herstellung und Verlag: Books on Demand, Norderstedt*

ISBN **9-783-7412-7582-1**